JN161151

早秋 Sousyu
Illustration：雨神
塔の管理をしてみよう
5

サラ
考助
スピカ

ノール
ジャル
ディーネ

アスラ
エリス

塔の管理をしてみよう 5

早秋 Sousyu
Illustration：雨神

CONTENTS

オープニング……10

第一章◆塔とゴーレム

（一）塔の現状と各種条件……17
（二）眷属の増強とイスナーニのお勧め……35
（三）試作第一号と新種……46
（四）称号持ち眷属……58
（五）新しい召喚獣とサポート一号……70
閑話一　ランクアップ試験……82
閑話二　輸送大作戦……88

第二章◆塔と代弁者と愚か者たち

（一）定例会……95
（二）新たな妖精たちとフローリア……111
（三）暴走……125
（四）触らぬ神に祟りなし……145

閑話三　助けて天女様！……156

第三章◆塔と新たなる力

（一）六方陣……163
（二）最初の目的と黒狼の進化……175
（三）ピーチの占い……187
（四）世界記録《ワールドレコード》……200
（五）ふらつく考助……213
閑話四　ふたりの巫女……226

第四章◆塔で進化について考えよう

（一）右目の覚醒……232
（二）各種上位種族……250
（三）地の宝玉……261
（四）進化とは……273
閑話五　査察官……294
閑話六　お天気……307

CHARACTER

普通の会社員だったが、交通事故に遭い、魂が別世界へ飛ばされてしまった。女神アスラやエリスの保護を受け、これまでの記憶を持ったまま新たな人生を始めることに。戦闘能力は低いが、対象のステータスを確認できる能力をアスラから授けられている。現代社会の知識や常識、感覚を生かして塔を管理するほか、さまざまな道具を発明。見た目も性格もいたって平凡だが、出会う美女の心を次々と捉えて離さず、塔内の美女率が急上昇中。

考助をサポートするためにアスラによって創られた、白の三対六翼を持った金髪金眼の超絶美女。チート級の戦闘能力があり、考助をあらゆる危険から守ろうとしている。真面目で融通の利かないところもあるが、とにかく主である考助命。考助のためならなんでもしたいが、料理が苦手という一面も。ミツキに比べると掃除は得意。

コウヒと同じく、考助のためにアスラによって創られた、黒の三対六翼を持った銀髪銀眼の超絶美女。コウヒよりは世慣れたところがあり、主である考助に対しては、あえてコウヒと違うくだけた態度で接している。チート級の戦闘能力があり、考助至上主義なのもコウヒと同様。料理はできるが、コウヒが得意としている掃除は苦手。

考助の魂が飛ばされた世界、アースガルドを管理している女神。輪廻から外れた考助の魂にいち早く気付くと、エリスを遣わして保護した。以来、考助の生活を見守り、彼の存在と行動が世界に新しいなにかをもたらしてくれることに期待を寄せている。

アースガルドでは、三大神の一柱であるエリサミール神として崇められている。ほかの二柱、スピカ神とジャミール神は妹神にあたる。アスラの命によって、異世界に飛ばされてきた考助の魂を迎えにいったことをきっかけに、アスラと同じく考助を見守っている。

コレットとパーティを組んでいたヒューマンの美女。考助と出会ったことをきっかけにエリスの巫女となり、現人神となった考助の巫女も務める。

シルヴィアのパーティ仲間だったエルフの美女。考助の仲間となり訪れた塔内で［世界樹の苗木］の存在を知り、その化身であるエセナの巫女になった。

シュレイン・ヴァミリニア

ミツキによって召喚されたヴァミリニア一族の長である吸血姫。時代がかった口調が印象的な白髪赤眼の美女で、考助とは血の契約を結んでいる。

別大陸にあるフロレス王国第三王子アレクの娘。星神であるスピカの加護を持っており、身に及ぶ危険を避けるために、父と塔へやってきた。

サキュバスであるデフレイヤ一族の美女。男女問わず惹き付ける強い魅了の力を持っている。おっとりした口調だが頼りになる存在。

アースガルドにおける三大神の一柱で、星神として崇められている。エリスの妹神にあたり、考助に関心を寄せている。

アースガルドにおける三大神の一柱。月神として崇められており、エリスとスピカの妹神にあたる。姉神たち同様、考助に興味を持つ。

これまでのあらすじ

交通事故をきっかけに、異世界アースガルドで第二の人生を始めた考助。女神が授けてくれた六翼最強美女コウヒとミツキのお陰で、誰も制覇したことがなかったセントラル大陸中央の塔を攻略。新たな仲間に囲まれつつ塔の管理を続けていたら、考助本人も知らぬ間に現人神になってしまい……!?　なぜだか美女に惚れられまくる考助の次なる試練は──。

オープニング

ハクの「考助の子供」発言に驚く管理層のメンバーだったが、そもそもの発端である考助の訪問を受け入れた神域でも、考助のあずかり知らぬところで、とある騒動が起こっていた。

それは、新しい仲間を加えたいという相談をアスラにするために、考助が神域へと向かったそのときのことだ。神域にいる女神たちは、喧騒に包まれていた。考助が神域に来るという噂が広まったためである。

考助が神域に移動するために使っている送還魔法は、一瞬で移動するというものではない。神々が存在する神域ということもあって、さまざまな障壁があり、ある程度の時間がかかる。魔法陣が改良できれば時間の短縮もできるだろうが、いまのところ一瞬で移動するのは無理なのである。そのため、考助がアマミヤの塔から神域へ移動する間に、考助来訪の噂が広まったというわけだ。

神域にいる女神のなかには、占いを得意としている者も数柱いて、そこから情報が出てきていた。考助がもとの世界から神域へと移動してきたときは、魂の存在だったことに加え、そもそも神域に入り込んだ手段が、アスラでさえ止めることができなかったイレギュラーなものだったために、気付けなかった。今回の送還魔法での移動は、アースガルドの正式な手続きを踏んでいるため、そうした女神たちのアンテナに引っかかったのである。

三大神の姉妹のところに考助来訪の噂が届いたのは、すでに神域中に広まったあとだった。これは、三姉妹の情報収集能力が低いわけではなく、それ以上の速さで噂が広まっただけだ。つまり、三大神の対処が遅れたのは、けして能力不足というわけではなく――。

「ハイハイ。ジャル、現実逃避はもういいから、どう対処するのかしっかりと考えなさい。すでに噂は広まりきっていて、前回のようにはいかないと思うわよ？」

遠い目をしていたジャルにそう言ってきたのは、大地母神として知られているクラーラだった。クラーラは、三大神には及ばないまでも名の知れた神の一柱で、考助の噂が立ってすぐに、騒ぎ立てすぎないようにほかの女神たちを収めたうえで、こうして三姉妹のもとを訪ねてきたのだ。以前の考助の訪問のときのように、アスラの屋敷まで女神たちが押し寄せていないのは、クラーラの働きが大きい。

考助が［常春の庭《とこはる》］に来るという噂がここまで急速に広まったのには、勿論理由がある。それは、前回考助に会えた女神たちの話が浸透していたためだ。特に注目を集めたのは、アースガルドでさほど信仰されていない女神の話だ。彼女たちが考助と会ったことにより、とある変化が起こっていた。彼女たちに対する信仰が少なくなるにつれて弱くなっていた、彼女たちとアースガルドとの繋がりが、考助と会ったことにより急激に強くなったのである。

勿論、それなりに信仰が残っている神々とは比べられないほど弱いものだが、それでもあとは先細りして消え行くのを待つだけという状態だった女神たちにとっては、朗報どころの話ではない。今回の訪問で、なにがなんでも考助とお近付きになりたいと考えるのは、当然のことと言えた。

さらに付け加えると、考助との接触でアースガルドとの繋がりが強くなるのは、そういった力の弱い女神だけではなく、力のある女神も同じだった。具体的には、神託が通りやすくなっていた。余計な雑音（のようなもの）が入らずに、恣意《しい》的な解釈のしようがない神託が増えたのだ。これには、クラーラを含めた上級神たちも驚いた。彼女たちの仕事にも大きく関わることなので、これは是非ともきちんとした検証を行いたいという話になっていた。

そういった諸々の事情があったため、大きな騒ぎになる前にクラーラが動いたというわけだ。

クラーラの問いかけに、エリスがため息をついてから答えた。

「仕方ありません。考助様には、今回はすぐに帰還せずに、一泊してもらいます。そして、その間にできるだけ多くの者たちと触れ合ってもらいます」

「触れ合うといっても、どうやっても限界があると思うわよ？　希望者が多すぎるもの」

クラーラの意見に、エリスが頷きながらジャルへ視線を向けた。

「そうですね…………ジャル、なにかいい案はありませんか？」

「ふえっ……!?　また姉様は無茶なことを……いくらなんでも、そんな簡単には思い付かないわよ」

エリスに話を振られたジャルは、そう言いながら必死に考えはじめた。

「とりあえず、考助が一泊するのであれば、夜会は開くわよね？」

「当然です」

ジャルの問いかけに、エリスは即答した。夜会を開かなかったとなれば、エリスたちに批判が向くことになる。考助を説得してでも開く必要がある。

「そちらはスピカに仕切ってもらいます。そのうえで、ジャルには別のなにかを考えてほしいのです。できる限り、多くの者たちと考助様が触れ合えるようお願いします」

「うーん……わかった。考えてみる」

悩ましい表情で頷いたジャルから視線を外したエリスは、スピカを見た。

「夜会は人数が限られるので、先に参加者を募ってしまいましょう。どういう形で選ぶかは任せます。クラーラも話し合いに参加したほうがいいでしょうね」

「ええ。それがいいわね」

エリスの提案に、クラーラがそう応じて、スピカも頷いた。


騒ぎを収めるために皆の代表という形でこの場に来ているクラーラは、女神たちを取りまとめる役目も持っている。ちなみにクラーラ神は、今回の考助の訪問に関しては、焦って自分が会おうとは考えていない。なぜなら、前回の訪問時にすでに会っているからだ。いろいろな事情を鑑みて、前回考助と触れ合えることができた者は、優先順位を落とすつもりだった。

ただ、夜会だけでは、今回騒いでいる女神たちの要求にはとても応えられない。たとえ無理やり多人数を集めたとしても、考助に近付けなければ意味がない。夜会の最中に、考助が対応できる人数など限られているのだ。

どうするべきかと頭を悩ませるジャルにとっての救世主が、突然部屋のドアを開けて入ってきた。

「握手会をすればいいのよ‼」

満面の笑みを浮かべながらそう言ったのは、三姉妹とクラーラが話し合いをしていた屋敷の主であるアスラだった。

アイドルという存在がいないアースガルドで、なぜアスラが握手会なんてものの存在を知っているかといえば、［常春の庭］に来た考助のことを調べるために、考助の記憶に触れていたためだ。余談ではあるが、記憶に触れることは、考助にきちんと了解をもらっている。

「握手会とは、なんでしょうか？」

見たことも聞いたこともないエリスが、疑問の表情でアスラを見た。ほかの三人も不思議そうな顔になっている。そんな彼女らに対して、アスラが握手会について詳しく説明を始め、その説明が進むにつれて、彼女たちの表情が明るくなっていった。

「確かに、それだと短時間で多くの人数が捌けるわね」

クラーラ神の言葉に、三姉妹が頷いた。

そしてこの瞬間、アースガルドの世界において、初めての握手会が開催されることが決定したのであった。

握手会と夜会を終えた考助がアマミヤの塔へと戻ったあとのこと。

今回の触れ合い（？）を遠慮して、考助がいる間は屋敷に来ていなかったクラーラが、結果を確認するために、アスラの屋敷を訪ねていた。

「それで？　どうだったの？」

「問題ないわね。大成功よ」

ジャルの答えに、顔を綻《ほころ》ばせたクラーラだったが、ふと考え込むような表情になった。

「相性が悪い者は出なかったの？」

「不思議と出なかったわね」

傍に寄るだけならともかく、握手という形で直接触れ合う場合には、どうしても相性の悪さが出てくることがある、……はずなのだ。だが、そういった報告は一件もなかった。

「あれだけの人数に触れて、ひとりも出ないというのは逆におかしいわね？　なにか理由があるのかな？」

「勿論あるわよ」

クラーラの問いに答えたのは、ジャルではなくアスラだった。

「そもそも考助が最初に来たのが、ここだったというのが大きいわね。アースガルドに直接行っていたらこうはいかなかったでしょうね」

魂の状態のままで「常春の庭」の空気に触れたことで、そこで生活している女神たちと同じような存在になった。さらに初の男性神ということで、いままでなかった基準が考助を中心に考えられるようになったのだ。考助がこの話を聞けば、頭を抱えそうである。

「だから最初から彼女たちも悪い感情は抱いていないでしょう？」

「言われてみれば、私もそうでしたね」

単なる好奇心で考助に会いにきたクラーラだったのだが、直接対面したあとは、その感情は好ましいものへと変化していた。

「ほかにもありそうな気もするけれど、さすがにいまの状況だとわからないわね」

アスラは最後にそう締めくくった。


話に一区切りつけたところで、クラーラがふと思ったことを口にした。

「ところで……今後は考助に、定期的に来てもらうようにはできないのかしら？」

クラーラの問いかけに、その場の全員が固まった。迂闊にも、言われるまで思い付かなかったのだ。もし考助が定期的に来るようになれば、今回のような騒ぎも起こらなかっただろう。

「のちほど確認してみます」

アスラを除いて一番結びつきが強いエリスが、そう答えた。アスラが答えなかったのは、そうそう簡単にアースガルドに干渉できないためだ。

結局このあと、エリスがシルヴィアを経由して考助に定期的な訪問の約束を取り付けたことにより、その後は今回のような騒動は起こらなくなったのである。

第一章◆塔とゴーレム

（一）塔の現状と各種条件

ワーヒドのもとに、六侯が集まっていた。六侯がクラウンの傘下に入って以来続けられていた、第五層の土地の調査が完了したのだ。

闇雲に農地を増やしていっても、魔物という脅威がある限り、すぐに荒らされてしまう。そのため事前に調査したうえで、魔物の襲撃から守りやすいように開発していく必要がある。六侯には、長い間蓄積してきた土地調査などのノウハウがある。それをもとに精査した結果が出たため、全員が集まっているのだ。

この場に集まっているのは六侯とワーヒドだけではなく、クラウンの主要メンバーと、行政からもアレクをはじめとしたメンバーだ。第五層の町の今後を決めるうえで、重要な話し合いになることは、先に告げられている。

彼らがいる部屋の中央に置かれたテーブルには、大きな地図が広げられていた。それは、一枚だけの地図ではなく、複数枚の地図が貼り合わされていて、そこにはあちこちに、いろいろなものが記載されていた。

「いや、なるほど。これは素晴らしいな。よくこの短期間で調べ上げたものだ」

そう感嘆の声を上げたのはアレクで、シュミットも同意するように頷いている。一方で、首を傾げているのは、ガゼランだった。

「へー。これがそんなに感心するようなものかね？」

六侯のひとりであるロイスが苦笑して答えた。

「ああ、冒険者だったガゼランさんには、大したものには見えないでしょうね」

ガゼランが首を傾げているのには、理由がある。

「そもそもここに書かれている情報のほとんどは、冒険者たちから集めたものです」

自然物からの採取、魔物からの素材の回収等々。冒険者にとっては、それらの情報を得ることは必須といっていい。ランクが上にいけばいくほど、情報の大切さはわかっている。だからこそガゼランは、感心したアレクとシュミットを見て首を傾げたのだ。

「冒険者たちに生の情報があるのは知っていたがね。それをこうして形にして見せられるのが凄いのだよ」

そう言ったのはアレクだった。そもそも地図の情報というのは、国家にしてみれば軍事的な機密情報になる。だからこそ正確な地図というのは、ほとんど一般に出回らない。持っているだけで、逮捕される国も珍しくはない。行商人たちが持っているのは、アバウトな道筋が描かれただけのものだったりする。

「なるほどな」

ガゼランも納得したように頷いた。ここでは秘匿《ひとく》しないのかという馬鹿な質問をする者はいない。そもそも地図情報を秘匿するのは、敵の襲来を警戒してのことだ。それを警戒する意味がない塔では、むしろ地図の情報は公開するメリットのほうが大きい。もっとも現時点で一般公開することは、ここにいる誰も考えていない。これから先は大規模な開発が進むため、日々情報が変わっていくからだ。たとえ一般に地図を発売したとしても、次の日にはその情報は古くなってしまう。それなら、ある程度落ち着くまでは公開しないほうがいいということになっている。

「それで？　周辺の状況はどうでしたか？」

ワーヒドが六侯に問いかけた。

「いや、素晴らしいの一言ですな。これを見ればわかるが、農地としてこれほど理想的な場所はないでしょう」

出てくる魔物のレベルから見ても、管理のしやすさはケネルセンと比べて段違いだった。

「ということは、ある程度自由に開発を進められますか」

「そうなりますな」

「だそうですが、アレクはどうですか？」

続いて話を振られたのはアレクだった。行政は都市の開発に携わっているため、行政府の長として聞かれているのだ。

「はっきり言えば、町がどうなるかはわからない、というのが正直なところだな。どう考えても人の流入に対して、建物の供給が追いついていない」

　現在の第五層の町は、定住者だけで一万人を超えていた。定住を決めた者、すなわち住まいを得た者は、行政への登録が義務付けられていた。それは、賃貸住宅であっても同じだ。そのため、定住者の数は把握しやすくなっている。

　逆に、宿のような場所に泊まる冒険者たちの数は把握しづらい。勿論、転移門の出入りは管理されているので、厳密にしようと思えばできるのだが、そんなシステムを作るくらいなら、ほかに時間をかけたほうがいいというのが、考助の考えだった。

　アレクの発言を聞いたほかの者たちも同意見だったので、反論は出なかった。

「方角で開発区域を分けるというのはどうだ？」

　そう言ったのは、地図を見ていたダレスだ。

「ふむ。どういうことでしょう？」

　ワーヒドの問いに、ダレスがさらに続けた。

「地図を見る限りでは、この町は北東寄りにある。先が望めない北東に農地を広げるより、逆の方向に広げていったらどうかと思ったのだが？」

「では農地とは逆に、町は北東に広げていくと？」

「いや。一方向に広げると発展しにくいからそれはしないが、町はある程度の広さが確保できればいいからな。……百万人以上住む都市を造るなら別だが」

　その言葉に全員が苦笑した。百万人都市になったときには、世界で第一の人口を誇る都市になる。

まずは、それだけの人口を維持する食料を生産できるようにしなければならない。それは、いまはまだ夢のような話だった。

「しかし、農地とはいえ南西方向に縦に長く開墾していくわけにもいかないぞ？」

「都市を造るのには、ある程度の広ささえあればいい。そこを避けて農地を作るのはどうだ？」

「具体的には？」

六侯たちの問いかけに、ダレスが答えた。

「とりあえず目標とする人口を決めておけば、町として開発する土地は目安が付けられるだろう？　そこを避けて農地を開墾する」

その返答に、皆が黙り込んだ。それぞれが実行可能か検討しているのだ。だが、しばらく待っても反対意見は出てこなかった。

「どうやら、それが一番無難な方法のようですね」

全員の顔を見てワーヒドが結論づけた。

「それでは、具体的な話に移りましょうか」

ワーヒドがそう切り出すと、ほかの者たちの考えがより詳細なものへと変わった。

「最初の目標はどうする？　私としては十万が妥当だと思うが？」

そう言ったのはアレクだった。こういう話はアレクの専門分野である。

「それは、十分な食料が供給されるということを前提に考えていますか？」

六侯のひとりがそう言った。現状、開拓を始めたばかりのため、第五層の町周辺の生産地だけでは、人口すべての分を賄えていない。

「む……。具体的には？」

「農地の周辺の監視が機能すれば、初期開発だけで十万どころか二十万でも養えるようになりますが？」

現状、農地として使える土地は多くあるが、あまり急激に広げすぎても魔物への対処が難しいのだ。それをするためには、どうしても魔物に対処できる人手が必要になる。

「そこまでいくのか……」

思ってもいなかった回答に、アレクは考え込んだ。

「だが急激に増やして、生産が追いつくのか？」

アレクの疑問に、別の六侯が答えた。

「どちらにしてもここでの生産が軌道に乗るまでは、ケネルセンからの補充になるでしょう」

「それは問題ないのか？」

「問題ありません」

言い切る六侯のひとりに、アレクはそれ以上問わなかった。

「となると、あとの問題は冒険者だな」

農地を開発しても維持できないと意味がない。常に魔物の脅威があるこの世界において、農地の確保は、魔物と戦う冒険者の確保と同義になる。

「そこは問題ないぜ。なにせこの辺の魔物は、ほかの町で伸び悩んでいる奴らにちょうどいいレベルだ。それこそケネルセンの監視業務程度の賃金が出れば、人は集まるだろうさ」

「そういうことなら、問題なさそうだな。あとはほかにいろいろ抜けがないか、調整が必要になるくらいか？」

アレクの確認に、その場の全員が同意した。そもそもここだけで、全部を決められるとは思っていない。今回は方向性を決めるだけで十分だった。そして、実際この日の話し合いをもとに、今後の第五層の町の方向性が定められたのであった。


ハクが塔に来てから半月ほどが過ぎた。

その間のハクは、主にシルヴィアたち女性メンバーの護衛についていた。塔の管理をするうえで、各階層の様子を見るために、どうしても戦闘は避けられない。戦闘力がほとんどないシルヴィアを除けば、ほかのメンバーはそれなりに戦えるとはいえ、戦闘となれば不測の事態が発生する危険性があるため、ハクについてもらっているのだ。

ハクの戦闘能力は、コウヒやミツキに次ぐものである。神域にいるときに、コウヒやミツキを超えることはないと聞いていたが、匹敵するとは聞いていなかった。神域で話を聞いたときは、どのくらいの強さになるかは生まれてみないとわからないということだったので、嘘ではないのだが。

さらに、ハクに女性メンバーの護衛をしてもらっているのは、のちのち塔の管理をしてもらうためでもある。

それぞれのメンバーとくっついていろいろと動き回ったお陰か、ハクはすぐに皆と打ち解けていた。考助の〝娘のような存在〟という出自のお陰で、最初はどうなることかと思っていたのだが、その様子を見て考助は幾分ホッとしていた。


肝心の塔はというと、まずアマミヤの塔は、地・水・火・風の妖精石を前と同じ階層に設置した。ただし、いまだに妖精の召喚条件はわかっていない。いまのところ勝手に召喚されることはないので、考助は神力が最後の条件であることは間違いないと考えている。とはいえ、そこにたどり着くまでの条件も不明なので、妖精石に関してはほとんどわかっていない状態だった。

アマミヤの塔に関しては、妖精石以外は大きな変更を加えておらず、大した変化もない。一方で、ほかの塔には大きな進展があった。まず、なにもいじっていない北西の塔以外の塔ＬＶが三になっていた。最初はそれぞれの塔でレベルアップの条件が違っているのかと思ったのだが、小タイプの北東、南東、北西、南西の塔、中タイプの北、南の塔、さらに大きなアマミヤの塔というように、塔の規模によって違っていたようだった。

一度条件がわかってしまえば、それに似た条件で経験値を得ればいいので、あとは同じように眷属の数を増やせばいい。神力は、アマミヤの塔や世界樹、ヴァミリニア城から得たものをそれぞれの塔に分けているので、ある意味コスト度外視で管理ができる。さらに、北東、南東、南西の塔に関しては、考助が頼んでいた、階層全体を眷属で埋めるとどうなるかという実験も進んでいた。

北東では霊体《レイス》、南東ではスライム、南西では小鬼人《ゴブリン》を召喚している。それらは考助が選んだわけではなく、それぞれの塔の管理者が選んだ。


「それで？　どんな感じ？」

考助が、たまたま管理から戻ってきていたフローリアに聞いた。

「階層の制圧率は八割くらいまでいったが、その先はなかなか調整が難しいな」

「難しいっていうのは？」

「どうしても隙間のようなところができてしまうのと、自然発生する魔物が抑えられないようだ」

隙間なく結界で覆ってしまえば大丈夫なのだろうが、それでは実験の意味がない。あくまでも自然発生する魔物の様子を見るためなのだ。

「うーん……召喚魔物の維持は？」

「それは召喚陣からの餌で賄えるから、いまのところ問題ない。同士討ちといったことも発生していないからな」

ちなみに、フローリアが管理している南西の塔はゴブリンを召喚しているのだが、すでに鬼人《キジン》に進化している個体が出ていた。より人間に近くになって、完全に小柄な人といえる姿形になっている。知能もゴブリンに比べて遥かに上がっているので、指示も出しやすくなっているのだ。

「キジンたちが出てから統率も取れてきたから、無駄な狩りも減ったしな」

以前は、食料にするわけでもないのに、ひたすら狩りをしていたゴブリンたちが、必要な分だけ狩りをするようになった。

「うーん。それはそれで効率がいいのか悪いのか」

「む？　余計な召喚をしなくて済むのではないのか？」

「そうなんだけどね。この先、上のレベルの魔物を召喚することを考えたら、食料分だけ狩られるのも問題なんだよね」

中級魔物の召喚陣を設置できるようになれば、神力が確実に稼げるようになる。それは当然、召喚陣を設置すればするほど増えていくのだ。だが、召喚魔物のほうで狩りを制限してしまえば、その効率が悪くなる。

「それもそうか。だが、こればかりは教えられるものではないぞ？」

「いや、それは別にいいよ。というか、変に教えて戦闘マシーンになるのも困るから、むしろいまのほうがいいんじゃないかな？」

食料やなにかの材料にするわけでもないのに、ひたすら狩りをするのはただの戦闘狂だ。

「そんなものか？」

「変に凶暴化して手が付けられなくなったら困るよね？」

「ああ、なるほど。そういうことか」

塔という限定した場所で活動しているとはいえ、ただただ暴れまくるだけの眷属など、考助としてはごめんである。

「あとは、キジンのなかで人の言葉を理解できるものが出てきたな。お陰で意思疎通がやりやすい」

「へー、それは、複数？」

「ああ、何体か出ているようだが？」

「だったらその個体を連れて、ほかの階層に拠点でも作ってみたら？」

現状、中級魔物の召喚陣が設置できない以上、進化個体を置いておく意味があまりない。それだったらほかの階層に連れていって、自由に行動させたらどうなるかと思っての意見だった。

「まあ、管理するのはフローリアだから、自由にやっていいけど。召喚陣の設置とかもあるからね」

考助の意見に、フローリアはいろいろと考え込むような顔になった。

「確かに考えてみる価値はありそうだ。ある程度数が揃えば、中級の層へ拠点を作るのもありだな」

「そうそう」

中級魔物が自然発生している階層で討伐ができれば、そこからも神力を得ることができるようになる。

現在ほかの塔から神力を得ている以上、多少でも赤字状態が改善されたほうがいいのだ。

「まあ、召喚陣をたくさん設置するのもありだけど、自分が動けなくなったら意味がないから、あまりやりすぎないようにね」

「わかっている。ちゃんと調整はするさ」

なんとなく話が終わりそうな雰囲気になったところで、ピーチ、シルヴィア、ハクがやってきた。

「あれ～？　なにか相談事ですか？」

「いや、相談事というか、どちらかというと現状の確認だね」

「そういうことなら私も報告します～」

そう言ったのはピーチだったが、シルヴィアも同時に報告することになった。

結果としてわかったのは、それぞれの塔の階層で同一の眷属が占有できるのは、八割くらいなのではないか、ということだった。それ以上となると、どうしても先ほどフローリアが報告した状態になるのだ。余談だが、シルヴィアが召喚しているのはスライムだが、眷属化しているスライムは、なにかの補正があるのか簡単には倒されなくなっているらしい。

「うーん。となると、やっぱり現状維持が一番いいのかな？　塔ＬＶが上がって中級魔物が召喚できるようになれば、また状況が変わるかもね」

三つの塔の結果から考えると、どう頑張っても自然発生する魔物を抑えることはできそうにない感じがする。それに合わせて召喚陣から餌を得ている以上、自然発生する魔物のレベルが上がるのも時間の問題だろう。下手なことをすると、突発的に発生した魔物が、レベルの低い眷属魔物を駆逐してしまう可能性もある。この先は自然発生する魔物についても注意しないといけない。

話し合いの結果、とりあえず現状維持ということだけを決めて、あとはそれぞれの管理者に任せることにした。この実験はあくまでも考助の依頼によるものだからだ。それに、いまの段階でアマミヤの塔で同じことはできない、ということがわかっただけでも、考助にとっては十分だった。

なぜならかかるコストがまったく違ってくるうえに、隙間が発生したときの危険度はさらに上がる。できればそれぞれの塔でも、中級魔物が召喚できるくらいまでは様子を見たいが、そのあとは、結果次第でそれぞれの階層から眷属たちをほかの階層へ分散させたほうがいいかも知れない。なんとなく眷属魔物が駆逐される可能性が現実的になりそうな気がしたため、自然発生する魔物をよく見ておくように、三人に伝える考助であった。


北と南の塔を管理しているシュレインとコレットは、それぞれ独自路線で管理を行っていた。

そもそもヴァミリニア城と世界樹という、それぞれの塔にとってはチートのような設置物があるため、神力に困ることがない。というよりも神力があまっているので、大部分をアマミヤの塔に送っていた。それぞれの塔で、クリスタルの何割を超えたらアマミヤの塔へ送るという設定ができるので、ふたりともありがたく使っている。

北の塔を管理しているシュレインは、豪快な方法を取っている。初級魔物が自然発生する階層に、これまた初級魔物の召喚陣を片っ端から設置して召喚していた。わざわざ拠点を作って、できるだけ犠牲が少ないようにしていた考助とはまったく違う。神力は十分にあるので、多少の眷属の犠牲に目をつぶれば悪い方法ではないからだ。考助が同じ方法を取らないのは、モフモフ（眷属）を犠牲にしたくないという思いもあるのだが。

ちなみに、餌用の召喚陣は設置していないようだった。これは、自然発生する魔物のレベルが上がらないようにするためと、設置する手間を省くための処置だ。さらに、あえて餌用の召喚陣を置かないやり方は、眷属として召喚される魔物が進化するための条件が、召喚陣から発生する魔物を討伐している数と関係しているのかを調べるのにもちょうどいいのだ。この状態で眷属の進化の数が少なければ、召喚陣から出てきた魔物を倒すことが、進化に少なからず関係していることになる。

くつろぎスペースに、ちょうどシュレインとコレットがいたので、考助はまず北の塔について話を聞くことにした。

「それで？　実際どうなの？」

考助に問われたシュレインは、微妙な表情をしていた。

「正直なところ、よくわからないといったところだの。確かに召喚している数に対して、進化している数はここやほかの塔と比べて少ない気がするが、まったく進化していないというわけでもない」

「うーん……召喚魔物の討伐数で進化すると決めつけたのは早すぎだったかな？」

以前、第十層で行った実験からそう結論づけていたのだが、なんとも怪しくなってきた。渋い顔をした考助に、コレットが口を挟んできた。

「そうとも限らないんじゃない？」

「その心は？」

「だって、そもそもアマミヤの塔とほかの塔で召喚した魔物が、同じように進化するとは限らないじゃない？」

「…………できれば、それは考えたくなかった」

塔それぞれで進化形態が違っているとなると、完全に手探りになってしまう。それはそれで塔管理の醍醐味だ、といわれてしまえばそれまでなのだが。

「塔の中だけで考えるから、おかしいことになるのかも知れんの」

ぽつりと言ったシュレインに、考助が顔を向けた。

「どういうこと？」

「そもそも、塔の外にいる魔物とて進化はしておる。ということは、自然発生する魔物同士の争いでも進化することになる」

「だとすると、自然発生する程度の確率で、召喚魔物も進化することはあるのか」

「そうじゃの。ただ、その進化の速さが違うのではないかの？」

シュレインの意見を聞いて、考助はあることを思い浮かべた。

それは経験値の違いである。通常の自然発生した魔物よりも、召喚した魔物を討伐したほうが、得られる経験値が多いのではないか、ということだ。勿論、この世界で経験値というものがあるとは考えていないが、経験によって蓄積されるものは確実にあるだろう。

「……でもそれだとなぁ……ひとつ矛盾があるんだよなぁ」

「む？　なんのことじゃ？」

「この世界ができてからどれくらい経っているかはわからないけれど、いままで一度も攻略されてなかったこの塔やほかの塔で、きっちり階層ごとに強さが分かれていたことがわからない」

第一層でさえ、滅多に討伐する者がいなかったのだ。もしシュレインの予想が正しいのなら、第一層からもっと強い魔物がいてもおかしくはないということになる。だが、考助が攻略をしたときには、下層は下層なりの強さの魔物しかいなかった。

「言われてみれば……確かにそうじゃの」

「それ、考える意味あるのかな？」

コレットは、自分でも自信なさそうに、そう言ってきた。

「どういうこと？」

「そもそも攻略する前の塔が、どう管理されていたかなんて誰にもわからないよね？」

その言葉で、考助もコレットの言いたいことが理解できた。

「塔の機能で自動的に同じようなレベルになるように、調整されていたってことか」

「コウスケが攻略しちゃった以上、確認のしようがないけどね」

現状北西の塔は、まったく手付かずなので、実質未攻略の状態と同じだと思っていた。だが、実際は攻略済みで、自動で動いていた塔の機能は攻略時点でなくなっていた可能性もある。

そして考助は、塔を攻略したとき自動で行われる作業を思い出した。あれが、塔のあり方を変える作業だとしたら、コレットの言い分が正しいということになる。

「うーん、やめた。攻略前の塔の状態は考えても仕方ないや。それよりも、いまの塔でどうなるかのほうが重要だよね」

そこまで推測した考助は、それ以上のことを考えるのをスパッとやめた。たとえ未攻略の塔があったとしても、いまの話を確認するには年単位どころではない時間がかかると思ったのだ。それに、すでにセントラル大陸には、未攻略の塔はない。わざわざ他大陸に出張ってまで確認する必要もないと考えたのだ。

「ところで、ふたりの塔のレベルはいくつだっけ？」

「三じゃの」

「私のところも」

「やっぱりそこが最初の山場か」

アマミヤの塔のときは、塔ＬＶが三まではさっくりと上がったが、ＬＶ四にするのに時間がかかった。特に塔のレベルにはこだわっていないのだが、レベルを上げて早く中級魔物を召喚したいという考えはある。アマミヤの塔のときもそうだったが、中級魔物を調整して召喚できるようになると、眷属魔物の成長が目に見えて違うのだ。

「まあ、これぱっかりは焦ってもしょうがないか」

神力が豊富にある現在でも、塔ＬＶ三にするのにそれなりの時間がかかっている。［神石］を設置できない影響が多大に出ているのだ。アマミヤの塔では簡単に設置できるものが、実はチートとまではいかないまでも、レア並みのものだったということになる。

［神石］をアマミヤの塔以外へ持っていって階層に設置しても、登録されないどころか、アマミヤの塔と同じような働きをしないのだからどうしようもない。それに関しては、もうすでに全員が諦めていた。ほかのものも持ち込んでみたのだが、どうしても神力発生系のものは［神石］と同じようにに上手く機能しなかった。原因はさっぱりわからなかったが、これに関しては、そういうものだと考えることにしたのだ。

「それで？　南の塔に関しては、どうなっているの？」

「いまのところは順調よ」

コレットが管理している南の塔は、世界樹のある層とその周辺だけで九層を占めている。これは考助があとで気付いたミスだったのだが、階層交換に指定した層が南の塔の下層だったために、下級魔物が出る層が減ってしまったのだ。そのためコレットは、シュレインとは別の方法を取っていた。

それは、同じ階層に複数の眷属魔物を召喚する方法だ。これもまた、考助はアマミヤの塔では実行していない。コレットのやり方で、同じ階層で眷属魔物同士がぶつかった場合にどうなるのか、ということがいずれわかるだろう。

考助としては、餌としての召喚魔物を与えていれば、争いは起こらないと考えているのだが、結果がどうなるかはまだわからない。そうなる前に、コレットが別の階層へ移してしまうかも知れないが、それはそれで構わないと考助は考えている。なぜなら、無理に争わせる必要はないのだから。

(二) 眷属の増強とイスナーニのお勧め

北西の塔以外は順調に成長(?)しているので、あとはまたメンバーたちに任せることにした。いずれはハクに北西の塔を任せるつもりでいるが、いまはまだシュレインたちにくっついていろいろ見てもらっている。管理の手をなにも入れていない北西の塔は、攻略後も特に大きな変化を起こすわけでもなく、ごく普通に自然の営みが行われているようだった。

そして、肝心のアマミヤの塔が現在どうなっているかといえば、ほとんど変わっていなかった。あえて変化を挙げるとすれば召喚獣の数くらいで、新たな階層に召喚もしていない。

設置している妖精石もいまのところ触らないようにしている。長期間放置した場合にどうなるか検証しているのだ。……というのを理由にして、ほかの作業をしていた。なにかといえば、各層の召喚獣たちの数を増やしたり、餌用の召喚陣を設置したりしていたのだ。

ぶっちゃけると、新しい設置物が増えたわけでもないので、これ以上することが思い付かなかったともいえる。設置できるものを片端から置いていくのもいいのだが、むやみに置いていくと、そもそも管理ができなくなる。

召喚陣に関しても同じで、そもそもアマミヤの塔の階層は広大なので、ひとつの階層に一種類の召喚獣を召喚するにしても、複数の召喚獣を召喚するにしても、管理が大変になる。手詰まりというわけではないのだが、あまり無茶なことはしたくないというのが考助の本音だ。ついでにいえば、ナナにしてもワンリにしても、いまの階層くらいがちょうどいいようだった。

別にナナやワンリだけに限る必要はないのだが、考助には誰に任せていいのかは判断がつかないのである。

「さて、どーしたもんかな?」

「お兄様、考え事?」

考助が悩んでいるところに、ワンリがやってきた。ちなみに、考助がこうしてほかのメンバーも集まるような場所で悩むときは、誰かに話を聞いてほしいときだ。そうでない場合は、研究室で延々と悩んでいる。ひとりで悩むよりも、ほかの人の視点から解決できそうな場合に限って、こうして皆が集まる部屋で悶々としているのだ。勿論、メンバーたちもそれがわかっていて付き合っている。

「お、ワンリ。来ていたのか」

ワンリの姿を見た考助は、すぐに頭に手を伸ばして撫ではじめた。考助はワンリの頭を撫でてつい撫でてしまうのだが、ワンリもそれを止めない。考助がやめようかと提案したこともあるのだが、そのときのワンリが非常に残念そうな表情だったので、いまでも続けている。

人型であっても狐型であっても、撫でられるのがワンリの好みのようだった。もっとも、考助に撫でられるのが好きなのは、狼もほかの狐も同じなのだが。

「召喚獣たちのいる階層を増やすかどうか悩んでいてね」

「増えるの……⁉」

ワンリが嬉しそうな顔をするのを見て、考助はおやっと思った。

「あれっ? 増えたほうがいいの?」

「え？　だって、仲間がたくさん増えるんだよ？」

「そうだけど……管理、大変じゃない？」

考助の言葉を聞いたワンリは、首を傾げた。

「管理って……食事？」

「いや、それもあるけど、見回りとかしてるんだろう？」

「見回りっていっても、姿を見せているだけだよ？　特になにかしているわけじゃないし。きっとナナちゃんも同じだと思う」

「そうなんだ？」

「うん」

ナナやワンリがそれぞれ同種の眷属がいる場所を見回っているのは、自分という存在がいることを示すためだ。そうすることによって、群れや眷属たちが暴走するのを防いでいる。

以前のナナであれば、狩りの手伝いなどもしていたのだが、現在では完全に手が離れている。そういった意味では、単に群れの間を行き来しているだけともいえるのだ。

「なるほどねぇ……ということは、召喚陣の設置が問題になるのか」

「階層に出てくる魔物とか動物じゃ駄目なの？」

「いや、駄目ってことはないんだけど、足りるの？」

現状の狼や狐がいる層では、召喚陣を設置して彼らの餌を確保することでバランスが取れている。

勿論、進化させるために設置しているのもあるのだが、餌の確保という意味も大きい。

「足りる……と思うけど、縄張りは広くなっちゃうかな?」

「まあそうだよね。そうすると結局、群れの維持って難しくならないかな?」

狐は、狼ほど群れているイメージはないが、それでもグループとして行動しているからこそ周辺の魔物に狩られることはないのだ。ある意味で、現在の階層は食物連鎖的にはいいバランスが取れていることになる。

「大丈夫……だと思うけど……」

ワンリが自信なさげに俯いた。

「いや、でもそうか。ありがとう。ワンリと話して、なにが問題なのかわかったよ」

「……ホント?」

「ほんとほんと。要は餌用の召喚陣を定期的にきちんと設置できればいいんだからね」

「できるの?」

「どうだろう? いまのところはわからないな。なにしろいままで一度もやったことがないから」

考助が考えているのは、制御盤から自動で召喚陣を設置できるようななにかを作ればいいということだ。そもそも、いままで制御盤を改変しようと考えたことがないので、できるかどうかまったくわからない。だが、挑戦する価値は十分にあるだろう。なにしろそれが上手くいけば、シルヴィアたちが行っている実験も管理が楽になる。なにができるのかを検討するため、考助はワンリと別れて早速研究室へと向かった。

「それで？　コウスケは、また籠もってなにをやり出したの？」

夕食の時間になってもなかなか研究室から出てこない考助に、コレットがしびれを切らしてそう言った。ちなみに、こういったことは初めてではないからこその台詞だ。

「ご、ごめんなさい。昼間に私と話をしたときからずっと……」

「ああ。違う違う。別にワンリを責めているんじゃないのよ」

今日はワンリも夕食を一緒にするつもりで、この時間まで管理層に残っていた。そのワンリが申し訳なさそうな表情になったので、コレットが慌ててフォローした。

「あ、私が呼んできましょうか？」

ハクがそう言って席から立ち上がった。

「ハク、無駄だから行かなくていいぞ？」

シュレインがハクを止めた。実際こうなった考助は、誰が呼びかけても気付かないほど集中するのだ。お陰で、食事を抜いたことも一度や二度ではなかった。

だからこそシュレインたちは、慣れた対応をしているのだ。

「こうなってしまったからには、当分出てこないだろう。吾らだけで食事をすることにしようか」

「ですが、食事を抜けば、お父様が体を壊すのでは？」

「コウヒやミツキがそれを許すはずがないから、心配いらんよ」

シュレインの言葉に、ワンリやハク以外のメンバーが力強く頷いた。

「コウスケに関しては、いまのところ心配するだけ無駄だから食事にしちゃおう！」

コレットがそう宣言すると、ほかのメンバーが思い思いに食事を始めた。それにつられるように、ハクやワンリも食べはじめるのであった。

◆

眷属たちを増やすと、どうしても管理に手間がかかる。

眷属たちを維持するには餌が必要になるが、その餌を用意するには階層で自然発生する魔物か、召喚魔物を利用するしかない。自然発生する魔物は、階層の広さによって発生する数が限られるので、当然眷属も一定の数しか維持できない。召喚魔物は神力が必要になるが、召喚するのが中級魔物以上であればコスト的には問題がない。

理屈だけでいえば、眷属たちの餌も召喚魔物にすれば、眷属はいくらでも増やすことができる。とはいえ、それも現実的ではない。なぜなら召喚魔物の召喚陣は、人の手で設置しなければならないためだ。考助がアマミヤの塔で眷属を増やさなくなったのは、その問題が出てきたからだ。いまのところ時間に余裕がないわけではないので、増やそうと思えば増やせるのだが、それをしてしまうと餌やり以外になにもできなくなってしまう。

女性たちがほかの塔の管理を始めた以上、いままでのように召喚陣の設置をほかの者に任せることもできない。考助にはコウヒやミツキがいるので、彼女たちに任せれば問題ないのだが、それでは根本的な解決になっていない。

そういうわけで、先日考助がワンリと話した内容に繋がるわけだ。召喚陣の設置という餌やりを自動化できれば、その問題が一気に解決することになる。問題はその自動化をどうするか、ということなのだが、一筋縄ではいかないのだ。


「うーん。……駄目だな、これは」

制御盤を前にして、考助はそう呟いた。

召喚陣設置の自動化を目指すにあたって考助が真っ先に考えたのは、自動化ツールの作製だった。普段は制御盤をタッチパネルのように操作しているのだが、それを内部から自動で操作できるようにできないかと考えたのだ。だが、残念ながら制御盤は完全にブラックボックスで、開けることすらできなかった。下手に開けて管理できなくなっては困るので開けられない、というのが本音だ。

ちなみにこの時点で、管理ツールのなかに自動で設置してくれるようなものがないか探してみたが、そんな便利なものはなかった。

「そこまで甘くはないってことだろうな」

がっくりとしていた考助に、イスナーニが話しかけてきた。

「どうですか?」

「いや、さっぱり駄目だね。そもそも、制御盤がなんで動いているかもわからないしね」

「そうですか」

イスナーニもある程度予想していたのか、特に表情を変えずに頷いた。

「ということは、やはり外部入力するしかありませんね」

「そうなるなぁ……」

考助としては、できれば内部で処理できないかと思っていたのだが、そう甘くはなかった。とはいえ、いつまでもそれにこだわっていても仕方がないので、スパッと思考を切り替えた。

「それで？　そっちのほうはどうなった？」

「いくつか候補はあります。魔道具を作る、ゴーレムを作る、奴隷を使う、といったところでしょうか」

さっくりと奴隷を使うと言ったイスナーニに、考助は渋い顔をした。奴隷が倫理的にどうか、といった話ではない。すでにクラウンで大量の奴隷を使っているのは理解している。彼らがいなければ、クラウンの維持さえできていないだろう。

いくら奴隷とはいえ、いや奴隷だからこそ、餌やりだけの単純作業をさせるのが勿体ないと、考助は考えている。奴隷というのは、ヒューマンをはじめとしていろいろな種族が含まれていて、さまざまな特技を持っている者もいるのだ。

「奴隷はなあ……どうせ使うんだったら、もっと別のことに使いたい」

「そうですか。となると、いますぐにでも取りかかれるのは、魔道具かゴーレムになりますが、お勧めはゴーレムです」

「ん？　理由を聞いても？」

「魔道具は作ってしまえばそれきりですが、ゴーレムは汎用性が高いからです」

作り方によっては、別の作業を教えてこなすことができるようになる。勿論、そういった汎用性の高いゴーレムを作るのには、それなりの材料と時間が必要になる。

「ゴーレムか……」

いまのところ考助には、ゴーレム作製の知識はほとんどない。だが、作れるようになれば、確かにいろいろな意味で便利になりそうだった。考助がまともなものを作れるかはわからないが、試してみる価値はある。

「あれ？　そういえば、イスナーニは作れるの？」

「ある程度の知識はありますが、いますぐに目的のものを作るのは難しいです」

「そっか。それじゃあ、いまからふたりで勉強を始めようか」

「はい！」

元気よく返事をしたイスナーニだったが、それまで黙って聞いていたコウヒが入ってきた。

「その話、私も交ぜてもらってもいいでしょうか？」

「え!?　いいけど、どうしたの突然？」

コウヒの珍しい介入に、考助は驚いて聞き返した。

「いいえ。せっかくですので、メイドのようなゴーレムを作れないかと思ったのです」

「それはいいわね。私も交ざっていい？」

なんとミツキまで食いついてきた。

「え？　メイドって？」

ここまで考助がイメージしていたゴーレムは、考助がやっていたゲームによく出てきたような、ごつごつしたタイプのものだった。だが、この世界で一般的なゴーレムは、人型をしたものを指している。人型に、ある作業をさせられるようにしたものをゴーレムといっているのだ。勿論ごつごつ系のゴーレムもいないわけではない。コウヒやミツキが食いついたのは、管理層を維持するゴーレムを作りたかったためだ。それができれば、より考助に張り付いていられるという目論見もある。

「そうか……人型タイプのほうだったか。まあともかく、反対する理由もないからいいよ」

納得した考助がふたりに許可を出して、四人でのゴーレム作製が始まった。


まずはゴーレムを作るための技術の取得だが、これは管理層の設置物に教本があったので、それを数種類用意した。どこからそういったものを塔の制御盤が用意しているのかはわからないが、あるものはありがたく使わせてもらう。

ゴーレムを作製するにあたって、最初に問題になるのは材料集めだ。当然質のいいものを作るには、それなりの材料が必要になる。だが、これに関してはほとんど心配していなかった。考助たちは、塔という、資源が豊富にある場所で生活しているうえに、その中にいる魔物をすべて倒せるコウヒとミツキがいるからだ。勿論塔では取れない素材もあるだろうが、それに関してはシュミット頼りになる。

いまのところ、なにが必要かわからないので、おいおい調べていかなければならない。材料さえ集まれば、あとはゴーレムを作るための技術だけになる。これに関しては、簡単なものから作製してどんどん腕を上げていくしかない。考助としては、その過程で目的のものを作ることができれば問題ないと考えていた。

この時点で、考助の考えは本来の目的からずれてしまっているのだが、残念ながらそれに気付く者はいなかった。取り寄せた資料などを見て、単純作業用だけではなく、もっといろんなゴーレムが作れそうだと思ったのが、考助の好奇心に火を付けてしまったのだ。

結局、この四人がゴーレム作製に関わることによって、この世界で停滞していたゴーレムに関する技術がさらに伸びることになるのは、もう少し先の話なのであった。

(三) 試作第一号と新種

考助たちが、ゴーレムの作製を始めてから十日。

ここ数日の考助は、召喚陣を設置しながらゴーレムを作製することが日常になっていた。眷属たちの餌を設置する以外は、塔の管理は完全に放置状態になっている。ただ、急いで解決しなければならない問題がないから構わないと、考助は考えている。

ゴーレム作製に必要な材料は、コウヒかミツキが塔の階層に討伐に向かって集め、足りない部分はシュミットに頼んだ。幸いにして注文に時間がかかるものはなく、むしろ集めづらいはずの材料は塔から調達できていた。

フローリアが、目の前にあるゴーレムを見て頭を抱えていた。ほかの者たちは、ゴーレムについての知識がほとんどないために、それを見せられても「おおー」という反応だった。だが、仮にも元一国の王女として教育を受けたフローリアには、幸か不幸かゴーレムについての知識があった。そのため、考助たちが「試作」として出してきたゴーレムを見せられたフローリアが頭を抱えたのはある意味仕方がないことだった。

「フローリア、どうかした?」

「……慣れてはいたつもりだが、こうもたやすく常識を覆されると、まだ甘かったと思うものだな」

シルヴィアの問いかけに答えたフローリアだったが、その返答を聞いた製作関係者以外の一同の表情は、皆同じだった。また、なにかやらかしたのか、と。同時に、その視線が考助へ向いた。

「えっ⁉　なんでこっちに視線が向くかな？　今回は、僕だけじゃないんだけど」

「いままでの行いを考えてみなさい」

考助の台詞をコレットがすっぱりと切って捨てた。

製作に関わったのが考助だけではないのは確かなのだが、これまでの実績で考助に視線が集まっているのだ。なんとなく理不尽なものを感じた考助だったが、反論するのはやめておいた。

「ま、まあそれはともかく、今回はさほど常識から逸脱していないと思うけれど？」

そういう考助の視線の先では、試作第一号のゴーレムが動いていた。その姿形は、どちらかといえばごつごつしている。形を成型するよりも、まずは動くことを優先したのは一目瞭然だ。

その試作第一号のゴーレムは、先ほどから両手の上にお盆が載せられた状態で、同じ場所を行ったり来たりしている。試作第一号として作ったのは、いわゆる茶運び人形のゴーレム版だったのだ。

ちなみに、行ったり来たりしているのは、それしか動作ができないわけではなく、考助がそうするように命令したためだ。やろうと思えば、どこどこからどこそこまで移動してね、という命令もきちんと実行できる。

「しかも、お茶をこぼさず運ぶことができる優れもの！」

そう力説した考助だったが、残念ながら周囲の反応は微妙だった。

「それはともかく、常識から逸脱していないという言葉は、撤回してもらおうか」

考助の言葉を華麗にスルーしたフローリアが、そう言った。

「そこまで？」

なんとなく、自分は一般的に見て常識外という認識があるミツキが、フローリアにそう聞いた。

「ゴーレムというのは、基本的に受注生産になる。受注してから生産を始めて、発注者に渡るのは早くても半年後という世界なのだ」

フローリアが常識外だといった意味が、全員理解できた。普通は半年かかるものを十日で作ったというのは確かにおかしい。だが、これに関しては、考助たちにも反論できる余地があった。

「あー。それってたぶん、素材のせいだと思う」

「素材？」

「うん。そもそもゴーレムを専門に作っていても、取り置きできない素材があるんだ」

「普通は注文を受けてから、必要量だけ発注するとかじゃないの？」

考助の言葉に、ミツキが付け加えた。

素材を収集するのは、当然冒険者の仕事になる。製作者が発注して、冒険者がそれを受けて素材を集めて、その素材が製作者の手に渡るのに、それなりの日数がかかることになる。

「たぶん、ゴーレムの生産が増えて、冒険者が定期的にその素材を取ってくるようになったら、製作日数も短くなるんじゃないかな？」

「そういうことか」

考助たちの意見に、フローリアもようやく納得した。

「それに、今回作ったこいつは、思考部分は一番単純なものだから、さほど時間かかってないし」

今回は、体や動力の部分はコウヒとイスナーニが担当して、思考部分はミツキと考助が担当していた。分業にしたことも時間短縮の要因になっている。

「動力の部分も同じですね。少なくとも貴族に出すような複雑なものは作っていません」

イスナーニも動力部分について補足した。

実際に今回作ったのは、ゴーレムとしては非常に簡素なものだ。ゴーレム作製の最初期のものを再現したといってもいい。

「う、む。ま、まあ、私もさほど詳しいわけではないので、そこまで言われればおかしくはない……のか？」

なんとなく製作組に押されるように、フローリアが納得しかけた。

「フローリア、待て。なんとなく勢いに負けそうじゃが、どう考えてもおかしいぞ。なにしろコウスケたちは、十日前までほとんど素人だったのじゃからな？」

シュレインがそう言うと、シルヴィアとコレットが頷き、フローリアがハッとした表情になった。

そう。忘れてはいけない。ほとんど素人だった集団が、たった十日でこれを作り上げたというのが、すでに常識外なのだ。さすがにこれに関しては、製作組四人も否定できないのか、視線をそらすだけだった。

「それで、目的のものができるのは、どれくらいになりそうなんですか？」

「さあ、どうだろ？　これよりは遥かに複雑なものになるからなあ……だいたい一月《ひとつき》くらい？」

考助がほかの三人に確認を取った。見られた三人も同意するように頷いている。

「……そういうことを平然と言えるから、おかしいと言われるのだが？」

フローリアがジト目で考助を見た。

「アハハハハハ」

考助は、とりあえず笑って誤魔化した。

「それで、今回作ったこれは、どうなるの？」

これ、と先ほどから同じ動作を繰り返しているゴーレムを指さしたコレット。

「勿論何度か作り変えて、もっと複雑なことができるようにするよ。思考部分も動力部分も」

少しずつバージョンを上げていって、最初の目的だった各階層への召喚陣を設置するゴーレムを作る予定だ。これに関しては、今回の試作第一号ができたお陰で、実はすでに目途がついていた。とりあえず、塔管理用のゴーレムを一体作り上げて、そのあとは各自で自由に作る予定でいる。そこでどんなものが出てくるのか、考助は非常に楽しみにしていた。

いまとなっては、考助よりもコウヒやミツキがゴーレム作製に熱中しているのだ。ゴーレムに対する理解度も、すでに考助やイスナーニを超えていた。勿論考助としても、塔の管理に使うゴーレムの作製は続けていくつもりだ。

餌用の召喚陣の設置に時間が取られなければ、今後の塔管理もまだまだ発展（？）させられるのだ。それもこれも、ゴーレム作製にある程度の目途がついたからこそ、できる考え方だった。さらにいえば、コウヒとミツキがゴーレム作製に興味を持ったからこそ、ここまで早く結果を出せたのだ。

ゴーレム作製を完全にふたりに任せるつもりはないが、それでも今回に関しては、考助としても意外な結果だった。ふたりが自分以外に興味を持ったのがゴーレムというのが、いいことか悪いことかは別にしてだが。

ちなみに、考助は自分が勘違いをしていることに気付いていない。ふたりが作ろうとしているゴーレムは、まさしく考助のためのものなのだ。考助がそれに気付くのは、もうしばらく先のことであった。


考助は、ゴーレムの作製とアマミヤの塔の管理作業の合間を縫って、管理層のくつろぎスペースのソファで昼寝をしていた。傍にはミツキがいるだけで、ほかには誰もいない。そのミツキがあるものに気付いて、考助を見ていた視線を一瞬だけそちらへ向けたが、すぐに考助に視線を戻した。それが考助に向かってきていたのだが、危険はないと判断したのだ。

ミツキが確認したその白い塊は、考助が寝ているソファまで一直線で近寄り、隙間にふわりと飛び乗った。考助の目が覚めないのを確認したあとで、そっとその四足を考助の体の上に乗せた。ちなみに一部始終を見ているミツキは、面白そうにその白い塊がすることを見ているだけだった。完全に考助の体に乗った白い塊は、そろそろと考助の顔に近付き、ペロリと考助の頬を舐めた。

「ウワッ……!?」

その感触に驚いた考助はガバッと上半身を起こしたが、考助の上に乗っていたナナは、慌てた様子も見せずに、考助の足元にしっかりと着地した。

「わふっ……‼」

その鳴き声で、考助が足元にいる白い塊に気付いた。

「お前、ナナか……⁉」

考助が驚いているのは、その大きさだった。どう見ても小型犬程度しかなかったのだ。

「わうっ……‼」

ナナが肯定するように、首を上下に揺らした。

「うわー。まじか。滅茶苦茶可愛いな。普段の大きさもいいけど」

考助が小型化したナナに向かって手を差し伸べると、嬉しそうにナナが飛びついてきた。その大きさのお陰で、いつもと違って大した衝撃もなく受け止めることができた考助は、起こした体をもう一度倒して、ソファの上に寝そべる。その考助の顔をナナは嬉しそうにペロペロと舐めはじめた。

考助も考助で、顔を舐められている間、小さくなっているナナの体をモフッていた。

しばらくお互いに堪能したあとで、考助がナナに聞いた。

「それで？　今日はどうしたんだ？」

「わふっ」

ついいつもの調子で聞いたが、残念ながらいまは通訳できるコレットやシュレインがいないので、話が聞けない。困った考助が、どちらかを呼びにいこうかと考えたそのとき、ナナが一声遠吠えをした。

「ワオーン」

その声に反応したのか、ナナが入ってきた方向からふたつの影が飛び込んできた。一瞬考助は身構えたが、その影が二匹の狼だとわかると、すぐに警戒を解いた。そもそも傍にいるミツキがなにも反応していないので、警戒する必要はないのだが。

入ってきた二匹の狼を見て、考助はすぐに首元を撫でてあげた。

「こっちに連れてくるなんて、珍しいね。なにかあったの？」

「わふっ」

考助がナナに問いかけて、ナナもそれに答えたのだが、先ほどと同じように通訳がいないので、なんと言っているのかはわからない。考助は精霊を見ることができるのに、いつまで経っても《妖精言語》を習得できない。

これにはコレットも首を傾げていたが、できないものは仕方がない。

コレットでも呼びにいこうかと思った考助だったが、その前にふと思い付いて、ナナが連れてきた狼のステータスを見てみた。

ナナが連れてきたのは、エイルとミエルという名の狼だったが、二体とも種族が変わっていた。もとは【白狼頭】だったのが、エイルは【白狼王】に、ミエルは【白狼妃】になっている。さすがに考助も全部の眷属は覚えていないが、【白狼頭】は数が少なかったのでなんとなく覚えていた。

さらに、スキルも大きく変わっているところがあった。天恵スキルにある《王の証》と《妃の証》

というのも気になるが、それよりも《風霊神のお気に入り》と《地霊神のお気に入り》が気になる。名前からして、どう考えても女神に関わる称号だろう。《お気に入り》という表示が、どういった効果をもたらすのかがまったく不明だ。

すぐにジャルあたりに交神して聞こうかと思ったのだが、思いとどまった。なんとなくこの件で交神すると、ろくなことにならないような気がしたのだ。自分の勘を信じて、交神に頼ることはやめて、仕方なく《お気に入り》に関しても探るのはやめた。どうしても伝える必要があるなら、向こうから伝えてくるだろうと考えたのである。

そんなことを考えていると、コレットが南の塔の制御室から戻ってきた。

「あら。ナナ、来ていたの？　……また随分可愛いわね」

小狼バージョンのナナにすぐに気付いたコレットは、その姿にやられたのか速攻で撫ではじめた。

ちなみにコレットは、大神バージョンのナナには触れようとしない。小さい頃から御伽話《おとぎばなし》として聞いてきた大神の存在には、畏敬の念を持っているのだ。撫でられているナナは、言葉が通じるコレットになにかを訴えるような仕草になっている。

「なんか、この二匹を紹介したくてここまで来たみたいよ？」

「ああ、うん。もうなんとなくわかったから大丈夫って、伝えておいて」

考助の言葉は、《言語理解（眷属）》があるナナには通じているのだが、伝わりやすい言葉で伝えたほうがいい。

「そうなの？」

「白狼王と白狼妃って種族になったみたい」

「なに、それ？」

コレットも初めて聞く名前なのか、首を傾げた。

「よくわからないね。神が関わってそうだけど、下手につつくとほかにもなにかありそうだから、気にしないことにした」

なんとも罰当たりな言い方だが、それに対してコレットはなにも言わずに、肩をすくめるだけだった。


一方その頃、アスラの屋敷では……。

「あら。残念」

「なかなかどうして。考助も鋭くなってきたわね。わかっていて回避したとは思えないけど」

ジャルが、残念そうにしている二柱の女神を前にそう言った。

「直感」

「そうかな？　まあ私たちがいろいろなことをしているから、どんどん鋭くなっても不思議ではないけど」

「成長？」

「さあ、どうかな？　そもそも現人神《あらひとがみ》が、この世界でどういう存在になるかなんて、わかってないんだしね」

　そう言うジャルを二柱の女神はじっと見詰めている。

「こっちを見ても駄目よ？　約束は約束なんだから。これ以上は手助けはできません。そもそもあの二匹だって、条件を満たしていたからできたんだから」

「がっくり」

「まったくだわ」

　そっけなく告げられたジャルの言葉に、二柱の女神は落胆を露にした。

「あなたたちなら、わざわざ考助を介さなくても、ある程度の干渉はできるでしょうに」

　少し呆れたように、ジャルがそう言った。

「無意味」

「そうね。それだと意味ないわね」

「まあ、いいわ。今回に関しては、これで終わり。これ以上は、また次回」

「そんなー。オウボウよー」

「同意」

「駄目なものは駄目。アスラ様に睨まれたくないでしょう？」

　ジャルがそう言うと、二柱の女神はぴたりと口を閉ざした。

「帰宅」

「そ、そうね。それじゃあ私たちはもう帰るわ」

「はい。お疲れ様～」

アスラの名前を出した途端におとなしく帰った二柱の女神に、ジャルも特になにを言うわけでもなく送り出した。

この神域において、アスラの名前を出されて、なお反抗する愚か者はいない。

「やれやれ。今回はこれで済んだからよかったけど……今後はどうなるかわからないわよ？　考助」

ジャルがそう呟いたと同じ時間に、考助が管理層でくしゃみをしたとかしなかったとか。

残念ながらその因果関係を調べるような暇人（神？）は、どこにもいなかった。

（四）称号持ち眷属

ナナが連れてきた狼二匹は、そのうち別の階層に行ってもらうことにした。それが第八十一層以外にある狼の階層か、まったく新しい階層かは決めていない。どちらにしても、ゴーレムができてからの話になる。いまある階層に移動させる場合は、その階層の眷属たちを増やして、新しい階層に移す場合は、新しく狼たちを召喚するつもりだからだ。

とはいえ、まだ先の話なので、いまは第八十一層へと戻ってもらった。ちなみに、王と妃を別々にするかもまだ決めていない。ただ単に種族名だけなら気にしなくてもいいが、実際に王と妃であれば、わざわざ別れさせるつもりもない。さすがに狼におけるその辺の機微など考助にわかるはずもないので、あとでナナに確認してみるつもりだ。

「それにしても……随分タイミングがいいわね？」

そう聞いてきたのはコレットだった。なんのことかは考助も聞かない。

「まあ、この前神域に行ったせいだろうね」

「風霊神に地霊神だっけ？」

「うん。そうなっていたよ。知っているの？」

あとでシルヴィアにでも聞いてみようと思っていたのだが、コレットが知っているのなら聞いておきたかった。

「知ってるもなにも……エルフの間では精霊王とか妖精王とか呼ばれている神々ね」

「ある程度予想はしていたけれど……もしかしなくても大物だよね？」

「そうね。エルフ以外でも精霊を崇めている種族は多いわね」

その精霊の頂点にいる存在が、風霊神や地霊神ということになる。考助は、神域で会った女神様にそんな存在がいたか思い出そうとしたが、思い出せなかった。そもそもあのときは名前だけを言ってきて、わざわざ○○神ですと名乗るほうが少なかったのだ。特に気にしてはいなかったのだが、意味があったのかも知れない。

「………………深読みしすぎか」

そう呟いた考助だったが、実際その予想は当たっていた。

そもそも神域にいるのは女神だけなので、わざわざ自分たちから神の名前を名乗る習慣がない。さらに○○の神という名は、アースガルドの住人たちが付けているだけであって、自分たちで名乗っているわけではないのだ。だから神域では、本来の自分の名前しか通用しないので、神名をいうことがない。もっとも、考助がそうした事情を知るのは、もう少し先のことだが。

「まあ、いいけど。それよりもコウスケと女神様たちが会っただけで眷属の称号が増えるんだったら、女神様の称号持ちがどんどん増えていきそうね」

想像するだけで、とんでもない事態になりそうだった。

「……できれば、それはあまり考えたくない」

考助としても、眷属が強くなることを歓迎していないわけではない。だが、塔の中だけならいいのだが、称号持ちの眷属のことが外に知られたら、どんな事態になるかわからない。どう考えても面倒事が増えそうだった。

そして考助は、いつまでも塔の眷属たちの存在を隠していられるとは思っていなかった。理由は簡単で、セントラル大陸以外の大陸には、塔を管理している存在がいるからだ。セントラル大陸の塔だけが、特別に眷属を召喚できるなんて思っていない。ほかの塔も召喚できると考えている。いま人々の目は第五層の町にいっているが、いずれは眷属たちにも向かうだろう。そのときに、神の名がある称号持ちが多数いると知られたら、どうなるかはすぐにわかることだった。どう考えても愉快な状況にはならないだろう。

「それはいいんだけど……止められるの？」

コレットにそう確認されて、女神たちの行動を止められるとは思えなかった考助は、渋い顔になった。それに、女神たちが考助の眷属に称号を与えている意味も、なんとなく察している。この世界との繋がりを保ちたいという意思の表れなのだ。考助が同じ立場であれば同じことをするだろうと思うので、それについてとやかく言うつもりはない。ある意味、それが神の仕事のひとつといえるからだ。

「無理……だろうね。絶対嫌だと言えば、やめるだろうけど、そこまで嫌というわけではないし。むしろ事情を理解できるから止める気もないよ」

「それではいいのですか？」

「…………ううむ」

腕を組んで考え込んだ考助に、いきなりシルヴィアが割り込んできた。塔の管理を終えて戻ってきて、考助とコレットの会話を途中から聞いていたのだ。

「むしろ神の名の称号持ちがいることが、知られてしまったほうがいいと思いますわ」

「その心は？」

「教会がやっていることと同じです」

シルヴィアが言っていることは、教会が保護を理由に加護持ちの人材を集めていることだ。加護持ちが多くいる教会が、それを背景に力を持っていることは、歴然たる事実であった。

「教会と同じかあ……」

教会にあまりいいイメージを持っていない考助は、そう言ってため息をついた。

「コウスケさん、いえ、コウスケ様。教会にいいイメージを持っていないのはわかりますが、ごく普通の人には心の拠りどころは必要ですわ」

そうでなければ、人の歴史で宗教など生まれていない。

「言いたいことはわかるけどね」

そもそも考助とて神殿の必要性はわかっている。というよりも、現実としてこの世界では神という存在がある以上、神殿がないほうがおかしいだろう。そういう意味からすれば、神の名が付いた称号を持った眷属が多数存在しているということは、これ以上ないほどの力になる。

「要は、その力をコウスケ様がどう使うかですわ。称号を持っている者たちには、なんの罪もないのですから」

「まあ、そうなんだけれどね。その力があることで、招かれざる客というのが増えることも事実なんだよね」

考助としては、余計なトラブルを増やしたくないというのが本音だった。が、それを聞いたシルヴィアとコレットが、キョトンとした顔になった。

「コウスケ……それはすでに手遅れなんだけど？」

「もしかして自覚がなかったんですか？」

「え？　ええっ⁉　ど、どういうこと？」

驚く考助に、ふたりがため息をついた。

「あのねえ。コウスケ、自分が現人神だってこと忘れてない？」

「この場合、忘れているわけではないでしょうが、影響の大きさを理解できていないと言うべきですわね」

「「もうとっくに手遅れよ」」

ふたりに駄目押しをされて、考助は撃沈した。けして忘れていたわけではないが、シルヴィアが指摘した通り、考助は現人神となった影響の大きさをきちんと理解できていないのだ。それは、塔に引き籠もっていることによる弊害である。

「そうか。そうですか。もう手遅れですか……そういうことならもう遠慮はしない」

立ち直ったというより、開き直った考助の顔を見て、コレットとシルヴィアが嫌な予感を覚えた。

考助は、特になにかをしたわけではない。ただ単にそう呟いただけだ。だが、確かになにかが変わったのをシルヴィアは感じ取った。考助自身が変わったわけではなく、考助を取り巻いているなにかの雰囲気が変わったのだ。

「……もしかして、余計なこと言った？」

考助の様子を見て、コレットがこそっとシルヴィアにそう言った。

「いえ。遅かれ早かれこうなっていたことは間違いないですわ」

「だったらいい、のかな？」

「おそらく？」

こそこそと話をしているふたりには気付かず、考助は晴れ晴れとした様子で立ち上がった。

「よし！　悩み事もなくなったし、ゴーレム作りにいこう」

そう言って研究室へと向かった考助を見送ったシルヴィアは、すぐにエリスと交神してみることにした。結果、特に問題はないと確認できたので、コレットとふたりで安堵のため息をついたのである。

◆

狼二匹が、神名の入った称号を得てから数日経ったある日。

ゴーレムの作製に勤《いそ》しんでいた考助のもとを、今度はワンリが見たことのない少女ふたりを連れて訪ねてきた。

「お兄様、私の姉妹が神の称号を得たみたいだけど、なにかした？」

最初から考助のことを疑ってかかっていた。

「……待って。ワンリまでそういうことを言う？」

地味に落ち込んでしまった考助である。そして、たまたま傍にいたシュレインとフローリアが遠慮なしに笑っていた。

「こらそこ。笑いすぎ。……ああ、ワンリ。気にしないで。別にワンリが悪いわけじゃないし、しかも今回は、間違いなく僕のせいだし」

ふたりが笑っているのを見て、自分がなにか悪いことを言ったのか気にするワンリの頭を、考助がそう言いながら撫でた。

実は、前回の神域訪問時に、女神たちから眷属たちに加護などの称号を付けてもいいかと複数回問われたのだ。それに対して考助は遠慮しなくていいと答えていたため、早速その影響が出たのだろう。

「それで？　そのふたり、姉妹って言っていたけれど？」

「うん。私と同じ狐でお兄様の眷属。……なんか神様のお告げを得たとか言っていたから、連れてきたの。人に変化できたのも、そのお陰みたい」

ワンリの言葉に、彼女の後ろに控えていた少女ふたりが、コクコクと頷いた。

「なるほど、ね」

ワンリの言葉を疑うわけではないが、念のためスキルのチェックをしてみると、キリカとフウリという名の狐で、称号に《水霊神のお気に入り》か《火霊神のお気に入り》が付いていた。今度は水と火なので、ナナが連れてきた狼たちのことを考えると、これで四種類コンプリートしたことになる。ちなみに種族は、キリカが【大天狐】で、フウリが【大地狐】になっている。

「……おいで」

いまだワンリの後ろに隠れているふたりに、声をかける。もっとも声をかけた考助は、この世界に来る前だったら通報されているかもなどと、余計なことを考えていたのだが。幸いにも、キリカとフウリはおずおずと考助に近付いてきた。

ワンリと同じように、考助はふたりの頭を撫でてあげた。考助にしてみれば、単にワンリと同じようにしているだけのつもりだったのだが、ふたりにとっては嬉しいことだったらしい。少し照れたようにはにかんで、されるがままになっていた。しばらくそれを続けていると、ふたりが甘えるように考助に抱き付いてきた。

「さすが、コウスケだの」

「……完全に懐いたな」

傍で見ていたシュレインとフローリアがなにか言ったのだが、考助は聞こえなかったふりをした。

「それで？　この子たちはこれからどうするの？」

考助は、ワンリにそう聞いた。そう問われたワンリは、虚を衝かれたような表情になった。ワンリにしてみれば、考助がなにか指示してくるだろうと思っていたのだ。

「お兄様が決めないのですか？」

「いや。ワンリが決めるといい。まあ、そんなに悩まずに好きにしていいよ。新しい階層に移すとかだったら、事前に相談してほしいけど」

考助がそう言うと、ワンリは悩むように考えはじめた。

「別に慌てて決める必要はないよ。特に急ぐわけじゃないんだから。ゆっくり考えて決めるといい」

「わかった」

ワンリはコクリと頷いた。

「なんだったらほかのお姉様たちにも聞いてみたら？」

「おー。いつでも相談に乗るぞ？」

「そうじゃの」

フローリアとシュレインも快く同意した。別に考助の言葉がなくても、ワンリが来たら、即相談に乗っただろう。それはシュレインとフローリアに限ったことではない。なぜなら女性陣は、基本的にワンリに対して甘いのだ。


考助が新しい神名称号持ち二名（？）を愛でているその頃。

ひとりの女神が悲鳴を上げていた。

「ひー。考助、なんてことしてくれるのよ」

悲鳴の主は、ジャルだった。

考助が以前に何気なく口にした「遠慮しなくていい」という一言で、その対応に追われているのだ。本来であれば、神名の付いた称号は、そうそう気軽に与えるものではない。ステータスという概念は、考助がこの世界に初めて持ち込んだものだが、加護やそれに類似したものを与えるということは、昔から行われていた。対象の生物がいろいろな条件を満たすと、その神が加護であったり、今回のようにお気に入り、といったものを与えることができる。

そういった称号を管理していたのがジャルだったのだが、いままではさほど多い仕事量ではなかった。そもそも女神たち自身が、加護や祝福を与えられる存在を見つけることが少なかったのだ。だが、今回に関しては話がまったく違っている。普通の加護は、神がほとんど一方的に与えるものなのだが、今回は加護や祝福を与えることによって、考助と繋がりを持つという目的がある。いかにも打算的で、本来であれば認められるものではないのだが、それを考助が認めてしまった。本人が許可した以上、周りがとやかく言えるわけもなく、担当のジャルが悲鳴を上げることになったのだ。ちなみに、考助はそうした打算的な目的は、前回の訪問で女神たちの事情も聞いていて、なんとなく察しているといったところだ。まさか裏で、ジャルがこんな目に遭っているとは考えてもいないのだが。

ジャルの役目は、女神たちの加護や祝福を与える条件を満たしているのか、申請の内容を審査することだ。考助のお陰で、あり得ないほどの申請がジャルのもとへと届いていた。いままでは一日一件届けばいいほうだった書類が、いまは机の上に山となっているのだ。

「しょ、書類審査だけで、一日が終わりそう……」

「いままで働いてこなかった分のつけがきたようですね」

エリスの無慈悲な言葉に、ジャルがガバッと身を起こした。

「それについては、断固抗議します！」

「……ホウ」

「あ、いや、はい。……書類減らさないとならないので、仕事します」

エリスに睨まれたジャルは、その視線から逃れるように書面へと視線を落とした。いくら現実逃避をしていても、書類の山は減らないのだ。ちなみに、エリスがここにいるのは、ジャルが現実という名の書類の山から逃げないようにするための監視なのだが、ジャルはそれに気付いていない。エリスとしてもこんなことはしたくはなかったのだが、ほかの女神たちに監視してほしいと懇願されて、ここにいたりする。

いまふたりがいる場所は、エリスたちの共通の執務室のため、ジャルはエリスの目的にまったく気付いていなかった。かといって、エリスも安心しているわけではない。彼女の目の前にいる女神は、脱走のプロなのだから。いまはまだなんとかおとなしく仕事をしているが、もし逃げ出そうとした場合は、最終兵器を用意していた。ちなみに、最終兵器は最後まで使われることはなかった。

エリスが監視の役目をしていたことに気付いているスピカが、それがなにかを聞いたとき、スピカの顔が引きつったのだが、幸か不幸かジャルがそれを知ることはなかったのである。

（五）新しい召喚獣とサポート一号

第一号のゴーレム完成まであと僅かとなったある日。

くつろぎスペースでまったりとしていた考助に、ハクが話しかけてきた。

「お父様、いまいい？」

「ん？　どうかした？」

「北西の塔の管理層へ来てもらえる？」

突然の申し出に、考助は目をパチクリとさせた。

「なにかあったの？」

「あったというか……なにかをしたというべきか……」

言葉を濁すハクに、考助は首を傾げた。

「んー……？　ま、いいか。行くよ」

そう答えた考助は、ソファから立ち上がって管理層へと向かった。


北西の塔の管理層に来た考助は、ハクに導かれるままに制御盤の前に立った。

「……それで？　来たけど、なにがあったの？」

「これを見て」

そう言ってハクは、管理メニューの召喚陣のページを開いた。

北西の塔はまったく手付かずの状態なので、レベルが上がっておらず召喚獣の数は少なかった。だが、ハクが示したところには、新しい召喚獣が追加されていた。

その召喚獣の種族は、【ミニドラ】となっている。

「召喚でもした？」

塔のレベルが上がっていないのに新たな召喚獣が追加される要素は、持ち込まれたものか、召喚されたもののふたつしか考助は知らない。【ミニドラ】という種族の眷属は、ほかの塔でも聞いたことがなかったので、召喚で増やしたのかとあたりをつけたのだ。

考助に問われたハクは、コクリと頷いた。

「うん。ミニドラは私の眷属というべき存在で、いつでも召喚できるので召喚した」

「なるほどね」

ハクが北西の塔に召喚したことについては、考助はなにも言わなかった。北西の塔を放置していたのは、検証ということもあったのだが、人手が足りなかったという事情もある。ゴーレムに目途がついた以上、空きの塔を造る意味も薄れていたので、タイミング的にはちょうどよかったのだ。

「ただ、この塔に召喚する前に、ほかの塔にも召喚してみて、メニューに登録されたのはこの塔だけだった」

聞き捨てならない情報に、考助は驚いた。

「もっと詳しく教えて」

考助に促されて、ハクが話を始めたが、内容はごくシンプルだった。

最初ハクは、シルヴィアに付き添って階層のチェックをしているときに、ふと思い付いてミニドラを召喚した。召喚は普通にできたので、管理層に戻ってチェックをしてみたが、「ミニドラ」は追加されていなかった。そのあと、ほかの塔でも試してみたが、どの塔でも登録されることはなかった。アマミヤの塔と北西の塔が残っていたので、先に北西の塔で試してみたところ登録されたので、慌てて考助のところへ報告しにいったのだ。

「なるほどね」

「……あの、怒っていない？」

「怒る？　なんで？」

恐る恐る聞いてきたハクに、考助は首を傾げた。

「勝手に北西の塔を使ったから……」

「ああ！　いや、怒ってないよ。むしろよく見つけてくれた」

考助の答えにハクは、ほっとため息をついた。最初が上手くいかなかったので、勢いで次々と召喚をしていったのだが、北西の塔に登録されてしまったあとで、考助が放置していると言っていたことを思い出したのだ。

「よかった」

「それよりも、ほかの塔で召喚したミニドラと、この塔のミニドラはどうしたの？」

基本的に一体ずつ召喚するので、召喚したミニドラが一体だけで生き残れるかどうかを、考助は心配した。

「それなら大丈夫。召喚した分を全部まとめてこの塔の階層に放してある」

「そう。だったら今後は、ハクが北西の塔を管理してね」

「私が？」

「もともとそのつもりだったし、ちょうどいいからね」

「……わかった」

考助の要請に、ハクは頷いた。考助にしてみれば、ハクが行った召喚はなかなか面白い結果だった。それに、もうひとつ確認したいことがある。

「ミニドラの召喚だけど、アマミヤの塔では、やったの？」

「まだ」

「じゃあ、やってみてもらっていい？」

「勿論」

ハクが頷くのを見たあと、考助はハクとコウヒを連れて、アマミヤの塔の第十一層へと向かった。

第十一層は、もとは南の塔の第一層だった場所だ。階層交換で入れ替えたため、環境そのものは南の塔のものになっている。考助がこの場所を選んだのは、南の塔で駄目だった召喚が、アマミヤの塔で試したときにどうなるかを確認したかったからだ。

もしここでミニドラを召喚して、アマミヤの塔の管理メニューに登録されれば、環境だけはもとの南の塔から引き継いで、ルールの適用などの中身はアマミヤの塔に準ずることになる。階層を交換したときに、当然アマミヤの塔のメニューには登録されていない植生や魔物がいたが、すべては登録されていなかった。そのあたりの法則がわかるかも知れないという期待があった。

　考助が見ている前で、ハクがミニドラの召喚を行い、一体召喚された。姿形は羽の生えたトカゲで、体長は一メートルほどだ。ついでにステータスも見たが、称号が《ハクの眷属》となっていた。考助の眷属になっていないのは、実際に召喚を行ったのがハクだからだ。ほかのスキルに関しては、特に変わったところは見当たらない。

　とりあえずハクと召喚したミニドラをその場所に残して、考助は管理層へと戻った。そして、管理メニューから召喚獣を確認してみると、見事に［ミニドラ］が追加されていた。早速いつものセットと［ミニドラ召喚陣（十体）］を第十一層にふたつ設置して、すぐにハクのもとへと戻った。

「拠点ができているということは、メニューに追加されていた？」

　周辺の様子を見てなんとなく察したのか、ハクがそう聞いてきた。

「うん。追加されていたよ。とりあえずミニドラを二十体召喚するから、ハクが召喚した子は自由にしていいよ」

「わかった」

　アマミヤの塔に召喚陣で召喚したミニドラは、すべて《考助の眷属》という称号になっていたので、ハクが召喚したミニドラは、北西の塔へと連れていくことになった。ハクが召喚した一体だけ《ハクの眷属》という称号では、寂しいだろうと思ったのだ。もっとも、ミニドラたちが称号まで意識しているかは、いまのところわからないのだが。ミニドラを二十体召喚してから、考助は管理層へ戻った。

くつろぎスペースに戻った考助は、今回のミニドラの件を考えることにした。

まず、ほかの塔では駄目だったのに、アマミヤの塔と北西の塔ではメニューに登録されたことについてだ。これはほかの設置物についてもいえるのだが、それぞれの塔では登録されるものとされないものが明確に決まっているらしい。どういう基準で分けられているのかは不明だ。

召喚で付く称号についてだが、これは実際に召喚を行った者の名が優先される。ハクが召喚したミニドラは《ハクの眷属》で、召喚陣から召喚したミニドラは《考助の眷属》だった。さらに、北西の塔で召喚陣から召喚したミニドラも《考助の眷属》となっていた。これは、召喚陣から召喚される召喚獣たちは、塔に登録されている管理長の眷属となるということを示している。ほかの塔の召喚獣たちもそうだったので、いまさらという気もするが、塔の中で召喚を行った場合は違った結果になるというのは興味深い。北西の塔ではハクが召喚したミニドラたちを成長させていくことになるので、今後がどうなっていくのかも楽しみだった。

あとは、ハクが北西の塔の管理をすることになったので、これですべての塔が管理されることになる。ゴーレムの完成も目前まできているので、いずれは餌の問題を気にすることなく、さらに多くの眷属を追加できるようになるだろう。最近、第五層の町を除けば大きな変化がなかったアマミヤの塔は、ゴーレム完成と同時に大きな変化を迎えることになりそうであった。

◆

管理層のくつろぎスペースにメンバー全員が揃っていた。夕食が終わったときに、考助が集まるように言ったからだ。

こうして集まってもらったのは、以前より作製していたゴーレムが完成したためである。考助、イスナーニ、コウヒ、ミツキの四人で合作したゴーレムが、皆の前で頭を下げていた。

「ハジメマシテ。補佐要員一号デス」

言葉はたどたどしかったが、その動きはほとんど違和感がなかった。それを見た全員が絶句している。前回の試作でさえ度肝を抜かれたのに、今回はさらに上をいっていた。どう考えても、技術レベルが既存のものを遥かに超えている。自発的に考えて挨拶を行うゴーレムなど、この世界にはいないのだ。

「えっと、フローリア。ゴーレムってこんなんだっけ？」

コレットに問いかけられたフローリアは、呆然として答えられないようだった。もっとも、その様子を見るだけで、答えているようなものだったが。

「フローリア……大丈夫か？」

シュレインが、フローリアの目の前で手をパタパタと振った。

「…………ハッ⁉　な、なにかあり得ないものを……」

フリーズから再起動したフローリアだったが、補佐要員一号が視界に入ると再び動きを止めた。

「こら。いーかげんにせい」

シュレインがポコリと、フローリアの頭を小突く。

「な、ななな、なんだあれは⁉　あり得ないだろう⁉」

「フローリア、ありがとう。あなたのお陰で逆に落ち着けたわ」

「そうですわね」

「誰かが慌てていると、逆に自分が冷静になれるというのは、本当のことだったの」

ほかのメンバーから冷静な突っ込みが入ると、さすがにフローリアも自分の慌てぶりが恥ずかしくなってきたのか、顔を若干赤くして深呼吸をしはじめた。

「ふう、はあ。……お騒がせした」

「まあ、気持ちはよくわかりますから、あまり気にしないでくださいー」

「そうしよう」

フローリアが落ち着いたのを見て、一同は改めて補佐要員一号を見た。フローリアを除けば、ゴーレムを実際見たことがある者などいないが、目の前にいる彼女（？）は、既存のものをいろいろな意味で飛び越えているのはすぐにわかった。

「いちおう聞くが、これはゴーレムなのか？」

ゴーレムを一番知っているフローリアが、そう聞いた。

「勿論そうだよ。基礎理論は、もともとあったものを使っているからね」

「基礎理論は、か」

「そう基礎理論は。……って、ちょっと待って。今回に関しては、確かに僕も噛んでいるけれど、大部分はコウヒとミツキのせいだよ？」

考助の言葉に、全員の視線がふたりに集中した。

「思った以上に楽しくて、つい張り切ってしまいました」

「夢中になれるものがあるって、いいものよね」

コウヒとミツキの言葉に、全員がため息をついた。

このふたりが関わったのなら、普通にあり得ると思ったのだ。

「なんというか……さすがね」

代表してコレットがそう言った。

「ありがと。……でも、確かに私たちもやらかしているけれど、ここまで進化しているのは考助様のせいよ？　私たちが貢献しているのは、素材の部分だけ」

コウヒやミツキが、考助の望む素材を集めてきたからこそ、これほどのゴーレムができたのだ。

今回考助とイスナーニは、いろいろなアイデアを出し、素材の収集や加工は、コウヒやミツキが担当していた。そう考えれば、結局のところ製作組の全員がやらかしたことになる。

完成したゴーレムは、サポート一号と名付けられた。

名前に関しては異論が出まくったのだが、ゴーレムは今後も増やしていく予定だと考助が言うと、皆が押し黙った。考助のことだから数体だけではすまないと悟ったのだろう。ちなみに、人によって一号だったり一号さんだったり、それぞれの呼び方をしていて、せっかく付けたサポート一号という正式名称（？）は、誰も呼んでいなかったりする。

そんなサポート一号の仕事は、召喚獣たちの餌用の召喚陣設置と決められた。もともとそのつもりで作っていたので、それができなければ意味がないのだ。

とりあえず固定化している作業だけを教え込んで、数日様子を見ることにした。餌用とはいえ召喚陣は召喚陣なので、設置する数を間違えれば大惨事になるので油断はできない。そして、結論からいえば、サポート一号は特に問題なく指示通りの作業を行っていた。さすがに自分で考えて作業を行うというのは無理なので、最初にやるべきことをすべて教えなければいけないが、それくらいの負担は当然だろう。それよりも餌用の召喚陣設置の負担がなくなるメリットのほうが大きい。

各塔の制御室は、アマミヤの塔の管理層に集まっているので、転移門を通る必要もなく、移動範囲も限定的だ。いまのところすべての塔への召喚陣設置だけでサポート一号の予定が埋まったわけではないが、今後はさらに召喚獣の階層を増やす予定なので、いずれ埋まってしまうだろう。そうなれば当然二号の製作も必要になってくるのだが、これに関しては、考助は心配していなかった。なぜなら、すでにコウヒとミツキが、二号の製作に取りかかっているからだ。

二号に関しては、考助は関与しないつもりでいた。

一号が完成したことで、アマミヤの塔の管理を再開するつもりだったし、なによりふたりがやる気を出しているので、できるのを楽しみに待つことにしたのだ。イスナーニも別の道具の作製に取りかかると言っていた。

考助が「ふたりだけで作るゴーレムがどんなものになるのか、楽しみにしているよ」と言ったとき、コウヒとミツキの顔がなかなか面白いことになっていたのだが、幸か不幸か考助は気付かなかった。当然そのとき周りにいたメンバーたちは気付いていたのだが、またなにかやらかしてくれるのだろうな、というのがその顔を見た全員の共通の考えになっている。なぜならコウヒとミツキには、考助に関しては、自重という言葉が存在しないのだ。

こうして、一体のゴーレムが塔の管理のサポート要員として加わることになったのだが、このゴーレムの加入が塔の管理において大きな意味を持つことになる。何度も言うが、固定の作業をほかの者に任せるだけで、かなり時間の節約になるのだ。この時間的な縛りがなくなったお陰で、さらにいろいろなことができるようになる。金銭的にも、ゴーレムなので賃金が発生しないことは大きい。少なくとも、塔の管理という意味においては、いいこと尽くめのゴーレムだったが、コウヒとミツキが作るゴーレムが今後さらに大きな影響を与えていくのは、まだ先の話である。

⁂

「ねえ、フローリア。少しいいですか？」

「どうした？」

「あのゴーレムの存在が外にばれたらどうなります？」

サポート一号がお披露目されてから数日経ったある日、シルヴィアがフローリアに尋ねた。

「どうもこうも……答えなくてもわかるだろう？」

「なんとなくはわかりますが、きちんと具体的に聞きたいのですわ」

あのゴーレムがとんでもない存在だというのはわかる。だが、実際どれくらいの影響を与えるのかをきちんと知っておきたいのだ。ちなみに、この場にはシュレインとピーチ、コレットもいた。

「なるほどな。……うーん、といってもな」

しばらく腕を組んでどう言うべきか考えていたフローリアだが、ちょうどいい例を思い付いた。

「聖職者の目の前で、その交神具を使って見せるくらいじゃないかな？」

「………………よくわかりましたわ」

人によっては喉から手が出るほど欲しがるものということだ。しかもあのゴーレムは、交神具と違って使う者を選ばない。どんな人間でも使うことができるのだ。存在が広まれば、大騒ぎになることは間違いないだろう。

「管理層から出られないようになっているのが幸いだの」

シュレインの感想に、全員が頷いた。サポート一号は、誰かが一緒に転移門を通れば別だが、自発的に通ることはできないのだ。

「まあ、管理層だけで動いているぶんには問題ないのだから、これ以上考えるのはやめましょう」

コレットの言葉に、全員が同意した。だが、この見込みの甘さをこの場にいた者たちが痛感するのは、遠い未来ではないのであった。

閑話一　ランクアップ試験

セシルとアリサは、受けた依頼の完了報告のために、第五層のクラウン本部の窓口を訪れていた。最近のふたりは、覚えた精霊術を実践で生かせるように、クラウンの冒険者部門に登録して依頼を引き受けている。ただし、ずっとではなく、神社の管理と半々くらいの割合で活動していた。神社の管理に関しては、サキ、ミキ、エリの三人組が頑張っているため、セシルとアリサはほとんど手を出さなくてもよくなっている。代わりにこうしてクラウン経由で依頼を受けているのである。

依頼は、実は考助たちが管理層で使うものを集めるために、セシルとアリサが指名されているという形式になっている。ちなみに、考助たちが出している依頼は、道具の開発や研究材料として定期的に必要なもので、急ぎではない。緊急で必要なものは、相変わらずコウヒとミツキがさっさと収集している。

とはいえ、考助たちが直接依頼するわけではなく、シュミットに頼んでいて、そのシュミットが冒険者部門、というかガゼランに依頼している。そして、ガゼランがセシルとアリサに対して指名依頼を出していた。

勿論セシルとアリサは、常に依頼を受けているわけではないので、タイミングの合ったときだけ、指名依頼という形で依頼を受けているのだった。

セシルは、収集した素材と依頼票をカウンターへ置いた。受け取った受付嬢が、確認作業を始める。

　ほどなく結果が出たのか、すぐに受付嬢が戻ってきた。

「依頼達成確認いたしました。……凄いですね」

　今回受け付けにいたのは、セシルとアリサがこの本部で仕事をしていた頃にもいた女性だった。部署が違っていたので、長く話したことはなかったが、顔を合わせたことはある。最初に気付いたのは受付嬢だった。セシルとアリサはまったく気付いていなかったのだが、何度か依頼を受けているうちに、話しかけられて思い出した。

　そもそもセシルとアリサは、本部業務に長く就いていたわけではない。業務開始後さほど経たずに、神社の管理業務に移っていた。短期間しかいなかったふたりを覚えていた受付嬢に驚いて、思わずセシルがそのことを聞くと、「顔を覚えるのが仕事ですから」とあっさり言われてしまった。それ以来、ふたりが依頼を受けたときは、なるべくこの受付嬢のところへ行くようにしていた。別に受付業務にノルマなどがあるわけではないのだが、気分の問題だ。

「今回は、転移門の傍ですぐにターゲットに会えたから。運がよかったの」

「そうでしたか。……ところで、今回の依頼達成でランクアップ試験が受けられるようになりましたが、どうされますか？」

　受付嬢のその言葉に、周囲がざわめいた。

　セシルとアリサは、そこそこ注目されるようになっていた。ある日突然やってきて、依頼をこなしはじめたと思った途端、ほとんどの依頼を次々に成功させて、ランクを上げていったためだ。匆論ふたりの容貌が、美人といわれる部類に分類されていることもある。

今回は、Cランクへのランクアップとなる。クラウン本部において、Cランクとなれば、トップクラスとはいかないまでも、上位陣の仲間入りとなる。ほとんどの冒険者がDランクで燻《くすぶ》るなかで、Cランクへのランクアップは、ひとつの壁といえた。

「ランクアップ……どうする？」

セシルがアリサを見て聞いた。

「うーん。時間がかからないのであれば、受けてもいいと思うよ？」

実はセシルもアリサも、ランクにはさほどこだわりがない。そもそも依頼を受けはじめたのも、実践を積むのもいいとコレットに勧められたからだ。

「そうね。……試験はどれくらい時間がかかるのですか？」

「そうですね。Cランクへのランクアップ試験は、能力試験と面接試験になります。ほかにも受ける方がいますから、それぞれ一日程度かかります」

「丸二日拘束されるの？」

「あ、いえ。試験を一日ずつ行うのであって、だいたいの時間をお知らせしますので、その時間に来てくだされぱいいです」

受付嬢の説明に、セシルとアリサが顔を見合わせて頷いた。

「「試験、受けます」」

これが普段の依頼と同じで、数日拘束されるようであれば断ったかも知れないが、二日で、しかも途中数時間拘束されるくらいなら、受けてもいいと考えたのだ。勿論それ以外の時間は、神社の仕事にあてるつもりだった。

「わかりました。では、試験についての話をさせていただきます」

受付嬢は、そう前置きをしてから説明を始めた。

ランクアップ試験当日。

セシルとアリサは呼ばれた時間に、本部を訪れていた。普段依頼を受ける場所とは違う場所で、試験を行うことになっていた。

そこは修練場のひとつだった。普段冒険者たちに開放されている修練場とは違い、ランクアップ試験を行うための修練場だ。ふたりが着いたときには、すでにほかの者が能力試験を受けていた。

この日は終日、Cランクへのランクアップ試験が行われるので、受験者が入れ代わり立ち代わり来るようになっていた。当然ながら、試験官も交代制になっている。

セシルとアリサが試験会場に入った瞬間、会場で自分の番を待っていた者たちがざわめいた。ほとんどの者がCランクの再試験で来ているため、あっという間にここまできたふたりに複雑な感情があるのだ。ちなみに、Cランクの能力試験は受験者同士で戦闘を行う。勝ち負けは関係なく、あくまで技能を見るのが目的である。ヒーラー系であれば、ヒーラーとしての能力を見る。

そして、試験が進んでいくなか、ついにセシルとアリサの出番が来た。試験はひとりずつ行われ、セシルの番が先だった。

その相手はというと、

「よう」

なぜかセシルの前で、ガゼランが手を上げていた。

それを見たセシルが、額を手で押さえた。

「なぜ、部門長がいらっしゃるのですか？」

「お前らの試験相手として、だな。下手な奴に任せると、死者が出かねないだろう？」

ガゼランの言葉に、再度周囲がざわめいた。なかには大袈裟すぎるだの、舐めるなといった声があったが、ガゼランはそれらをあっさりとスルーした。

「まあ、論より証拠だろ？　さっさと始めようぜ」

ガゼランの言葉に、試験官が合図を出すと同時に試験が始まった。


ガゼランとの戦闘が終わったあと、セシルの戦闘を見た受験者たちから文句の声が上がることはなかった。すぐあとに行われたアリサの試験も同じだった。ふたりに十分な実力があると示されたのだ。はっきりいえば、いまいる受験生のなかで、ふたりに勝てる者はいないだろう。それくらい圧倒的な実力をふたりは示した。

「まあ、これで文句を言ってくる奴もいないだろ」

周囲の様子を見てそう言ったのは、ガゼランだった。わざわざガゼランが出てきたのは、この戦闘を見せつけるという意味もあったのだ。結果としてその目論見は上手くいったといえる。少なくとも今日のこの戦闘を間近で見た者で、今後ふたりの戦闘能力に文句をつける者はいないだろう。

翌日面接を受けたふたりは、その日のうちに結果を聞くことなく、神社へと戻った。

結局、ふたりがランクアップ試験に合格したと聞くことになるのは、しばらく間を置いてからになるのであった。

閑話二　輸送大作戦

リックは現在、クラウン「リラアマミヤ」の商人部門に所属している。以前行っていた行商に関しては、信頼できる者にすべての販路を譲り渡した。リックにしてみれば、大きな決断だったのだが、後悔はしていない。なにより商人部門を取り仕切っているのが、行商人繋がりで知り合いだったシュミットだったのも大きな理由である。シュミットから直々に、是非にという話があったのだ。

そのリックは現在、職にあぶれそうになっていた。いままで担当していた食料品に関する業務を、ケネルセンの六侯たちが担当することになったのだ。リックは別の業務を担当することになるのかと思っていたのだが、そうではないようだった。ほかの者たちが次々と新しい場所に配属されているのに、自分にはその指令がいつまで経ってもこないのだ。仕方がないので、いまは買い取り窓口で商品の見積もりなどを行っている。勿論商品を鑑定する目を衰えさせないためだ。

そんなことを続けていたある日、ついにリックにもお声がかかったので、指定された場所へ向かった。そこは、シュミットの執務室だった。商人部門は、立ち上げ当初からは考えられないほどしっかりと組織化されているので、下っ端に近いリックがシュミットと業務上で顔を合わせることはない。さらに、シュミットの執務室に呼ばれる者は、数えるほどしかいないのだ。

執務室に入ると、シュミット以外にふたりの人物がいた。

ひとりは、クラウンの冒険者部門長のガゼランだった。もうひとりは、リックがクラウンに勤めるようになってから顔見知りになった、冒険者のザサンだった。ガゼランはともかく、ザサンは現役の冒険者だ。しかも塔の階層をトップクラスで攻略しているはずである。彼が商人部門の部門長であるシュミットの部屋にいる理由がわからなかった。

「やあ、リック。よく来てくれました。あなたに是非ともやってもらいたい仕事がありましてね」

「仕事、ですか。この場にザサンさんがいらっしゃるのも、関係しているのですよね？」

これは、疑問というより確認のための質問だった。関係していなければ、わざわざこの場にいる必要がない。

「俺に聞いても無駄だぞ？　俺もガゼランに引っ張られてここに来ただけだからな」

ザサンの言い方に、ガゼランはどこ吹く風といった態度で、シュミットは苦笑していた。シュミットの様子を見る限り、本当にそんな感じで引っ張られてきたのだとリックは想像した。

「はい。仕事の依頼です。内容に関しては口で説明するより、まとめた文書があるので、まずそれを読んでください」

シュミットが、リックとザサンそれぞれに一枚の紙を渡した。

この世界において文字が読めない者は珍しい存在ではなかったが、リックもザサンも文字は読める。その書面を読み進めるにしたがって、リックは真剣な表情になり、ザサンは青ざめた顔になっていった。

その書面に書かれている内容は、ある町からある町への行商に関するものだった。だが、確かに内容は行商だが、規模は完全に行商の域を超えている。リックが知る限り、これほど大きい商隊が組まれたという話は聞いたことがない。

「ま……まさか、この商隊を？」

「はい。リックさんに、率いてもらいたいと思います」

反射的に、無理ですと言いそうになったリックは、出かかった言葉を途中で呑み込んだ。もう一度書面に目を通して、本当に不可能かどうかを、商人としての目で確認しはじめた。それを横目に、ザサンがガゼランに同様の質問をしていた。

「おい。まさかと思うが、俺が呼ばれたのは……？」

「おう。この商隊の護衛のリーダーをやってもらおうと思ってな」

ガゼランが当然だろ、といった表情でザサンに言った。それを見たザサンは、苦虫を噛み潰したような表情になった。

ふたりのその態度は、書かれている商隊の規模のせいである。まず、荷を運ぶための馬車の数が尋常ではない。その数、実に二十台以上。荷馬車が多いということは、当然運ぶ商品も多いということで襲われやすい。ただその辺のことはきちんと考えられているらしく、護衛の冒険者の人数も前例がないほど多い。ルートは大陸北西のケネルセンから北の街になっている。最後までその数で行くわけではなく、いくつかの荷物は、途中の町で荷馬車ごと切り離されることになっていた。

内容をきちんと精査したリックは、改めてシュミットに向き直った。

「絶対に無理だ、とは言いませんが、それでも相当厳しくはないですか？」

リックの言葉に、シュミットは笑みを深めた。さすが、行商を生業にしていたリックだと思ったのだ。

「普通に考えれば無理ですね。私でも行こうとは思いません」

シュミットの答えに、リックとザサンが首を傾げた。ふたりの様子を見て、シュミットが自身の執務用の机からあるものを取り出した。リックは、一見して魔道具だということはわかったが、なんの魔道具かまではわからなかった。

「それは？」

「荷馬車の速度を上げる魔道具、だそうです。荷馬車の速度が平均しても倍くらいは速くなるそうです」

シュミットの回答に、リックは目を剥いた。もしそれが本当なら、行商人の垂涎の的になる。そのリックの考えがわかったのか、リックが質問をする前に、シュミットが先に言った。

「個人の行商でこれは使えませんよ。はっきりいえば、採算に合いません」

その言葉だけで、リックはシュミットの言いたいことがわかった。逆に、採算に合うようにするために、この規模の商隊になったのだ。

「そういうことですか」

「勿論それだけではなく、クラウンの宣伝なども兼ねていますが、まあその辺は言わなくてもわかるでしょう？」

「まあ、わかりますが……ところで、その魔道具は使ってみたのですか？」

実験段階のものを渡されて、失敗しましたということになれば、目も当てられない。

「ああ。その心配はありません。今回の商隊は、これの試運転も含まれているのですよ」

「荷馬車はいいが、俺たちはどうなる？」

リックの質問が一通り終わったと判断したザサンが、ガゼランを見た。

「心配いらん。勿論、いままで通り護衛として荷馬車に数人乗ってもらうが、完全に護衛用の馬車も数台用意するつもりだ。ちょっとした軍隊並みだな」

ガゼランの言葉に、ザサンが目を剥いた。

「おいおい、費用は合うのかよ？」

今回の護衛料は、個人での行商とは比較にならないくらい、いい条件なのだ。

「心配いりませんよ。その辺はしっかり計算されています」

答えたのはリックだった。書面からその辺のことはしっかりと読み取っていた。文書には、商隊が何日遅れれば採算が合わなくなるということまで書かれていた。しかも普通の計画よりもかなり余裕を持っている。

「しかし、速度が倍になるのであれば、魔物の襲撃も少なくなるのでは？」

リックの安易な考えに、ザサンが釘を刺した。

「そいつは甘いってもんだ。早馬でも襲われることがあるんだ。荷馬車だったらたとえ倍の速度になったとしても、魔物にとっては絶好の餌だろうさ」

ザサンの言葉に、リックは頭を下げた。

「これは失礼しました」

ザサンは、リックの態度に好感を持った。行商人のなかには、利益を考えるあまり魔物対応の玄人である冒険者の言葉を聞かない者も少なくない。そういった意味では、リックはいい相手だと思ったのだ。

ふたりの様子を見ていたシュミットが、確認するように問いかけた。

「それで？　今回の業務は引き受けてもらえますか？」

「勿論です」

「おう。面白いことになりそうだな」

リックとザサンの答えに、シュミットはホッとしたような表情になった。

「今回のこれが成功すれば、今度は八方面で商隊が動くことになります。是非とも成功してほしいですね」

「八方面というと、まさか……」

シュミットの言葉で、リックはすぐにルートを思い浮かべた。転移門がある町を中心にして、それぞれ別の方向に向かって進むと、東西南北の街で別の町から来た商隊と出会うことになる。もしそのルートでの行商が成功すれば、かなりの利益を見込めるだろう。

「想像通りだと思いますよ。できれば成功してほしいですね。もし今回の商隊が成功すれば、リックにはそれらの商隊を指揮する立場になってもらうつもりです」

シュミットの言葉に、リックはますます気合が入った。今回の商隊だけでもかなりの利益が見込める。それが八方面分となれば、ひとりで行商していたときには考えることもできなかった利益を得ることになる。それに、大きな商隊を率いるというのは、行商人だった頃の夢のひとつだったのだ。

結局、リックもザサンも今回の依頼を引き受けることにした。

その結果は、大成功。何度か魔物に襲撃されたが、それでも荷物はほとんど失わず、目的の街にそれぞれの荷物を届けられた。

今回のこの成功をもって、クラウンは予定通り転移門のある町から八方面への大規模商隊の輸送を開始した。リックは、シュミットの宣言通り大規模商隊の統括を引き受けることになり、夢のひとつをかなえた。また、ザサンはクラウンのなかでも、護衛に特化した冒険者の育成に関わることになるのであった。

第二章◆塔と代弁者と愚か者たち

（一）定例会

月に一度、第五層の主要メンバーが管理層の会議スペースに集まって、町の状況を報告することになった。考助としてはそのような報告会は特に必要ないと思っていたのだが、町のメンバー側から是非にと言われて、開くことにしたのだ。町側のメンバーは、クラウンから各部門長の三人＋六侯からひとり、行政府からはアレクとその部下三人、それにワーヒド、エク、イスナーニ、ドル、サラーサ、ティンが来ていた。塔の管理側は、ハクを除いた五人が揃っている。

まずはアレクから、現在の第五層の町の状況が説明された。つい最近、とうとう町の人口が一万人を超えたという報告から始まった。この人数は定住者のみの数だ。ここでいう定住者とは、第五層の町に住居を持った者たちのことを指している。勿論、賃貸の住居に住んでいる者たちもこの数に含まれる。ただし、宿やホテルの宿泊者は別だ。要は、住人登録をしているかどうかの差なのだが。

基本的に、行政府の収入の大部分は、塔外部からの転移門の使用料と、土地の賃貸料で賄われている。定住者が増えればそれだけ行政府の収入が増える。いまのところ住人に対しての税金はないのだが、今後は人頭税という形で税金を取ることは発表されている。

住人登録すると人頭税がかかるので、登録しない者も出てくるだろうが、それはそれで構わない。住人登録するということは、自身の所属をはっきりさせるという意味があるので、身分保証にもなるのだ。だからこそ、第五層の町以外でも同じような方法が取られている。というよりも、アレクたち行政府が、周辺の町と同じような方法を取ることに決めたのだ。

住人に対してかかる税はいまのところそれだけだが、商売を行う者たちにとっては、また別の税がある。これに関しては、個人で商店を開いている者たちも同様だ。いまのところ個人商店で一番多いのが、飲食店である。第五層の町は、完全に冒険者で成り立っているので、冒険者狙いの商売が盛んに行われているのだ。また、大手の商業ギルドが狙うのは、宿やホテルの経営であり、冒険者が売買するもの、ということになる。

定住者が増えたことにより、以前は冒険者たちに任せていた治安維持に関しても、正式な部隊が設けられた。ほとんどのメンバーが元冒険者という者たちである。

人が増えればどうしたって犯罪行為は増える。治安部隊がないと町が荒れるだけなので、どうしても必要な組織なのだ。だが、ほかの町の治安部隊とは大きく違っているところがある。それは処罰のなかに、塔外への追放というものがあるところだ。この刑を受けると、二度とアマミヤの塔へ戻ってくることができない。生涯変わることのない各個人特有の魔力パターンが転移門のリストに登録され、この罰には抜け道は存在しない。そして、すでにその刑を受けている者も出ているそうだ。

治安部隊以外にもさまざまな組織が動き出しているようで、行政府は本格的にその機能を果たしはじめていた。ほかの町であぶれた者たちが第五層の町の噂を聞いて移住してきているため、現在の人口増加の流れはしばらく続くと、アレクたちは予想していた。新しく造られている最中の町なので、基本的に仕事はいくらでもある。その仕事を狙って、人が移住してくるのだ。

行政のアレクに続いて、クラウンの活動が報告された。六侯が加わったことにより、新たに生産部門が作られ、主に農林畜産関係を管理することになった。増え続ける町の人口に対する食料生産は、この生産部門が一手に引き受けている。生産部門の部門長は、六侯たちが持ち回りで担当することになっている。現在は、塔外部からの仕入れで賄われているのがほとんどだが、すでに開発が行われていた農地のぶんも含めて、少しずつだが第五層産の生産物もできているようだった。

六侯は、いずれは大部分の食料を塔内だけで生産することを目指しているようで、そのあとは塔外との取り引きも視野に入れている。いま開発している農地や放牧地が完全に機能するようになれば、その目標は達成されるとのことだ。増え続ける町の人口に関しても織り込み済みで、六侯の手腕があますことなく発揮されている。生産部門は、農産物だけではなく畜産物も管理しているが、さすがにそちらの結果が出るのはもうしばらく先のことになるということだった。

そのほかに、開発部門も作られることになった。当然部門長はイスナーニで、いままでひとりだった部門に新たなメンバーを集めることになった。イスナーニはいままで管理層で開発していたのだが、第五層に新たに開発室を作り、技術の継承も含めて、作業が行われることになった。これは、シュミットとアレクから是非にと言われて作ることにしたものだ。

なぜ彼らがそんなことを言い出したのかというと、ふたりがゴーレムの一号を見たためである。

使われている素材を聞いたシュミットが頭を抱えていたが、それでもかなりの価値があるようで、塔の目玉商品として売り出したいとのことだった。時間と手間を考えれば、考助たちがわざわざ作るわけにもいかないので、新たな部門を設置して対応することにしたのだ。神力を使っていないとはいえ、相当高度な技術を使っているので、かなりの長期戦になるのだが、その過程で得られる技術だけでも、それなりの利益は見込めるとのことだった。

その辺はさすがシュミットといったところで、きっちりと計算されている。上手くいけば、セントラル大陸に限らずほかの大陸への輸出もできるとのことだ。

工芸部門は一部の業務が生産部門に移ったくらいで、あとは変わらず活動しているとのことだった。相変わらず建築に関する需要が高いとのことで、労働者が常に足りていない状態だ。その職を求めてほかの町から人が流れてきているので、町にとってはいい面もあるのだろう。問題はその職がなくなったときなのだが、これに関しては行政府とクラウンの間で幾度となく話し合いが持たれている。さすがに長期的な話で、さらにはひとつ決めて終わりというわけではないので、町が存続する限りは話し合われるテーマになる。

最後は商人部門と冒険者部門の報告だ。ふたつの部門から同時に報告されたのには、きちんと理由がある。メインの話が、セントラル大陸の東西南北の街に作られたクラウン支部についてだからである。支部に関しては、立ち上げは順調に行われて、クラウンカードの仮発行も問題なく行われているとのことだった。仮発行の段階では、ステータス表示はされないのだが、それでもクラウンの噂はしっかりと伝わっているらしく、登録を希望する冒険者は各街でかなりの数になっている。それぞれの街から是非転移門を設置してくれという要望も上がっているそうだが、これに関してはきっぱりと断っていた。

転移門がある四つの町から東西南北の街への流通における安全管理が一番の問題だが、クラウンの冒険者部門に登録されている冒険者を使って、数で解決している。輸送中の護衛だけではなく、輸送で使われる街道の調査もクラウン発で依頼が出されていた。それでも輸送中に襲われることはあるので、護衛もきっちり雇っている。一時期、街道の魔物の数が増えてきたという話もあったのだが、なんとか抑えることに成功したようだ。この活動により、クラウンがセントラル大陸にとって重要な存在になりつつあると認識されはじめているという話で締めになり、今回の定例会は閉会となった。

◆

北と南の塔が魔獣と聖獣の塔であるのに対して、北東・南東・北西・南西の塔は四属性の塔と区別することにした。そして、それに反対するメンバーはいなかった。またサポート一号ができたことで、召喚陣の設置の時間を考えなくてよくなり、さらにいろいろなことができるようになった。とはいってもいまは一号しかいないので、あまり作業を増やしても捌ききれなくなる恐れはある。いまはまだ時間的な余裕があるので、四属性の塔で眷属たちの数を増やすことになった。

まず、手付かずだった北西の塔は、ハクにより管理が開始されている。ほかの四属性の塔のように、ひとつの階層はミニドラだけになっているが、自然発生する魔物を完全に抑えることはできていない。これに関しては、ほかの塔でも同じような結果になっている。

北東・南東・北西・南西それぞれの眷属は、霊体《レイス》、スライム、ミニドラ、小鬼人《ゴブリン》がメインになっている。考助の都合で、一層だけを使って実験を行っていて、あとはそれぞれの管理者に自由に管理させていた。

少し前になるが、北東の塔では塔LV四になったとピーチから報告を受けた。塔LV四になったことで、中級魔物が召喚できるようになっている。さすがにすべての召喚陣を中級に変えてしまうと、いまいる眷属たちが討伐されかねないので、少しずつ変えているとのことだった。

考助がこれから先のことを考えていると、今度はシルヴィアからレベルアップの報告がきた。

「コウスケさん、南東の塔がLV四になりましたわ」

「おっ。ほんとに？　中級魔物は？」

「召喚できるようになりました。ピーチと同じように少しずつ入れ替えていくつもりですわ」

一層分全部をスライムだけにしているので、管理もそれなりに手間がかかる。餌用の召喚陣の設置だけでも大変なのだ。そのためのゴーレム作製だったのだが、召喚陣の入れ替え作業のような細かい注文はまだ難しい。余談だが、コウヒとミツキはそういった要求にも応えられるレベルのゴーレム作製を目指している。

「そうか。結構大変だと思うけれど、召喚陣を全部入れ替えられれば、儲けも出せるようになると思うから」

「そうですね」

アマミヤの塔でも同じだったのだが、中級魔物の召喚陣を設置できるようになってから、神力に余裕が出るようになっていた。もっともアマミヤの塔では、それがなくても世界樹とヴァミリニア宝玉があったために、神力は黒字になっていたのだが。

「そういえば、ここ以外の塔でもユニークアイテムが出てくると思ったんだけど、出てないよね？」

「ユニークアイテム？」

「こっちでいえば、世界樹とヴァミリニア城みたいなやつ」

シルヴィアは少し首を傾げて考える。

「ありませんね。そういえば、あのふたつはアマミヤの塔のユニークアイテムでしたか」

「そうなんだよね。でも階層交換できたのがよくわからないんだよね。神力はきちんと発生しているし。神石みたいに機能停止はしていないから余計わからない」

アマミヤの塔の設置物の一覧の説明文には、世界樹とヴァミリニア城はしっかりと「この塔専用」と書いてある。だが、北と南の塔に階層交換したあとも、きっちりと神力を発生していて、アマミヤの塔にあったときと同じように働いているのだ。

「確かにそうですわね」

「まあ、ヴァミリニア城はともかくとして、世界樹が働かなくなるというのは想像しづらいけど」

世界樹が機能を果たさなくなるということは、エセナがいなくなるということと同じ意味になる。

階層交換したあともエセナは元気にしているので、特に問題はないと判断している。

シルヴィアとふたりで話していると、フローリアが交ざってきた。

「コウスケ、南西の塔がＬＶ四になったぞ？」

「……追いつかれましたか」

フローリアの報告に、シルヴィアが若干気落ちしたような表情になった。南西の塔は、攻略が一番あとだったので、管理の開始が遅かった。それにもかかわらず塔ＬＶで追いつかれているのには、眷属たちの育てやすさに差があった。

フローリアの南西の塔でメインに召喚しているのは、ゴブリンだ。一方でシルヴィアが召喚しているのは、最弱魔物と名高いスライムである。育てやすさがまったく違っているのだ。

「そこはあんまり気にすることないよ。それに、スライムが成長していくのを見るのは楽しみだからね」

考助がしっかりとフォローする。

「ほかの階層では、別の眷属も召喚しているのだろう？　あまり気にする必要はないと思うがな」

フローリアの言葉通り、南東の塔ではスライム以外の眷属を別の階層に召喚していた。だが、そちらは「水」の塔らしく水属性の魔物のため、水がないところでは活動できずに、さほど数を増やすこともできない状態だった。

「たぶん予想だけど、中級魔物を倒しはじめて進化し出したら、スライムもかなり使えるようになると思うよ？」

これはただ単に、考助の希望も含まれている。最弱《スライム》が進化を果たして最強《スライム》になっていく話は、考助としても好物の部類だったのだ。とはいえ、そんなことを知らないシルヴィアは、少し疑わしげな表情になっていた。

「く、苦労したぶん、成長してくれたら嬉しいよね？　……よね？」

少し慌てて考助が、フォローになっていない言葉を付け足した。

それを見たシルヴィアはため息をついた。

「まあ、いいですわ。確かに進化に関してはしやすいようですから。……そのぶん、倒されやすいのですが」

シルヴィアの言う通り、南東の塔で召喚しているスライムは、すでに数種類の進化を果たしていた。だが、たとえ進化していても討伐されてしまうのが、スライムらしいといえば、らしい。中級魔物が召喚できるようになったことで、戦闘力を含めた大幅な進化に期待したいところである。

「そ、そう。それで？　ゴブリンのほうはどうなの？」

「さすがに鬼人以外の進化は見られないな。ただ、鬼人ではなくゴブリンたちのなかで、道具を作る者たちが出てきたな」

「え……!?　それはマジで？」

「うむ。マジ、だな。というか、そこまで驚くことか？　普通のゴブリンもそういったことはやっているぞ？」

フローリアに言われて、考助はファンタジー定番のゴブリンを思い浮かべた。確かに話の中では、器用なゴブリンが出てきて武器を作ったりしていたが、まさか召喚魔物も当てはまるとは思っていなかったのだ。

「道具の作製ねえ……まあ、うちにはイグリッド族がいたりするけど。やっぱりドワーフっていたりするの？」

そういえばと、改めて確認する考助。別に避けてきたわけではなく、特に強い武器を必要としなかったため、わざわざ聞く必要がなかったのだ。

シルヴィアとフローリアが顔を見合わせるのを見て、なんとなく考助はピンときた。

「もしかして、なにか問題があったりする？」

「いや……問題というか、ドワーフが塔に来るとは思えなくてな」

「ん？　どういうこと？」

考助に促されて、フローリアがドワーフの現状を話しはじめた。


この世界に存在するドワーフは、考助が想像していた通りのドワーフそのものだった。手先が器用で、特に武器防具作りに関しては、並ぶ者がいないというのも同じだ。ただ、ドワーフたちは、その特性を生かして完全に人間社会に溶け込んでいて、ヒューマンに次いで人口の多い種族になっている。長い歴史で上手く棲み分けができているので、わざわざ塔に移住してくるような者たちのほうが珍しいということなのだ。

「なるほどね。まあ別に強い武器を必要としているわけでもないし、欲しかったら買えばいいから、いまのところはいいけれどね」

塔として武器の量産を始めるならともかくとして、そんなことはまったく考えていないので、話を聞いた考助は、わざわざドワーフを塔に招く必然性を感じなかったのである。


四属性の塔に対して、北の塔を魔の塔、南の塔を聖の塔で、合わせて聖魔の塔と呼ぶことにした。アマミヤの塔や四属性の塔とは階層の広さと高さが違っているので、区別するのにもちょうどいいうえに、そもそも世界樹とヴァミリニア城がアマミヤの塔から移動しているので、四属性の塔と比べて神力の発生状況に大きく差がある。

現在の四属性の塔の管理で使っている神力は、聖魔の塔からのものがほとんどだ。アマミヤの塔に関しては、第九十一層の上級魔物の討伐分があるので、自前で稼げているという状況である。

神力が豊富にある聖魔の塔は、それぞれコレットとシュレインが管理していて、その豊富な神力を生かして、いろいろなものを設置しているようだった。だが、手当たり次第に設置しても眷属たちの進化にはさほど影響を与えていない。そもそもどういった目的で使うのかもわからないような設置物もあるため、ただ置いているだけでは意味がない。

もっとも、そういった設置物は、アマミヤの塔にもある。

たとえば、［石ころ］なんていうものも存在しているのだ。説明文を読んでも「ただの石ころ」としか書かれていない。最初は、なにかに化けたりするのかと思ったのだが、左目を使ってみても本当にただの石ころだった。ひとつだけ拠点の建物内に置いて確認したのだが、ほかの石とまぎれて、どれが設置物かわからなかったくらいだ。

そんなわけで、設置物にも役に立ちそうにないものが用意されているのは、ほかのメンバーもわかっている。コレットもシュレインも、あまり意味のなさそうなものは避けて設置しているのだが、現状は上手くいっていないようだった。とはいえ、その豊富な神力を活用して、眷属の召喚陣を多数設置している。サポート一号ができて喜んだのは、ほかのメンバーと同様なのだ。


聖魔の塔は階層の広さを生かして眷属を増やしているため、四属性の塔とはまた違った規模の眷属の集団になっていて、塔の成長が速い。シュレインとコレットからその報告を受けたのは、ほぼ同時だった。

「「塔LV五になった」」

「え？　ほんと？　速くない？」

その報告には、さすがの考助も驚いた。アマミヤの塔が塔LV五になったときよりも速い。

「まあ、神力があるからの。好き勝手にできるのが大きいのじゃろ？」

「あと、考助と違って結構無茶な眷属召喚をしているからね」

考助が狼と狐を召喚していたときは、なるべく犠牲が出ないようにして設置していた。考助にしてみれば、眷属は家族みたいな感じだったので、そうなっていたのだが、ほかのメンバーとしては魔物の一種であるので、あまりそういう意識がない。いちおう考助の眷属なので、ある程度の気は遣っているのだが、このあたりは異世界から来た考助との意識の差になっている。

「でも、こんなに速くＬＶが上がるんだったら、ほかの大陸にある塔も、同じようになっていてもおかしくないと思うんだけれど？」

その考助の推測に、コレットとシュレインは顔を見合わせた。

ほかの大陸の塔でも、攻略されている塔は当然ながら存在している。なにより、いまだアマミヤの塔に届く通信文が、ほかの管理者の存在を示していた。だが、ほかの塔が少なくともＬＶ十になっている痕跡を示すものはひとつもなかった。これは、アマミヤの塔が塔ＬＶ十になったときに出てきた機能で、現在ＬＶ十になっている塔を示す一覧があり、そこにはアマミヤの塔以外の名前は記されていないのだ。

「あのな、コウスケ。ほかの塔のＬＶアップ条件がどんなものかはわからんが、普通に考えて神になることという条件を満たせると思うのか？」

「そもそもそんな人がいれば、とっくに噂になっているでしょうね」

「うっ……⁉」

そもそも考助が、歴史上初の現人神なのだ。これは、それこそ神域の女神たちから聞いている情報なので間違いない。

「い、いや、ほら。別に神になることが条件じゃないかも知れないじゃないか」

塔ＬＶのＬＶアップ条件は、規模によって変わっているということがわかってきていた。アマミヤの塔と聖魔の塔、四属性の塔でそれぞれ違っているのだ。

「それはそうかも知れんが、それ以前に神獣を眷属にするというのもたいがいだと思うがの？」

「ついでにいえば、ワンリの存在だって普通に考えればあり得ないんだけど？」

ナナに関しては言うに及ばず、ワンリとてほとんど神獣一歩手前といった状態になっている。そもそも九尾の狐という存在自体が伝説から神話になりかかっているのだ。ナナとワンリ。そのひとり（？）と一匹を眷属にしている時点で、すでに普通とはほど遠い存在である。

「あー……。はい。ごめんなさい。わかったので、それ以上責めないでください」

シュレインとコレットの視線に耐えきれなくなった考助が、ついと視線をそらした。

「と、ところで、塔ＬＶ五になる条件はなんだったの？」

考助のあからさまな話題そらしだったが、シュレインとコレットも、それ以上言うつもりはなかったので、その話題に乗ってきた。

「吾のところは、眷属を中級魔物に進化させること、だったの」

「南の塔も同じだったわ」

シュレインが管理している北の塔も、コレットが管理している南の塔も、召喚している眷属のなかで進化を果たして中級魔物になっているものがすでに存在していた。ハッキリした理由はわかっていないが、進化しているのだ。逆をいえば、数さえこなせばアマミヤの塔の［神水］のようなものがなくても進化する可能性がある。これは、聖魔の塔だけではなく、四属性の塔でも同じだ。

「うーん……。神水が進化に関わっているというのは、早とちりだったのかな？」

「いや待て。それは少し早計ではないかの？」

「そうね。神水が神力操作に関わっているのは、あり得ると思うわよ？　眷属たちのステータスまで見ることができないから、はっきりとはわからないけど」

当然だが、シュレインもコレットもステータスを見られるわけではないので、眷属たちがなんのスキルや称号を持っているかわからないのだ。

「そうか。僕自身が見にいってもいいんだけど……ステータスが確認できないと不便だな……」

考助の言葉に、コレットとシュレインが苦笑した。そもそもステータスが見られるという時点で、普通ではない。見ることができないのが不便なのではなく、それができるのが便利すぎるのだ。

「いや、普通はステータスなど見ることができないからな？」

「それは、そうなんだけど……ああ、そうか。だからかな？」

「なに？」

「いや。ステータスを見ることができないせいで、スキル構成とかが見えないから進化の条件がわかっていないとか？」

なんのことかといえば、ほかの大陸で塔を支配している者たちのことだ。そもそもステータスが見えなければ、召喚獣たちが眷属かどうかも見分けがつかない。召喚数の多い召喚陣と少ない召喚陣がある意味すら、わかっていない者もいるかも知れない。

「さすがにそんなことはないか」

「いや。案外あり得るかも知れんぞ？」

「そうね。塔を資源が取れる場所、としか考えていないところもあるし」

そもそも冒険者たちが塔に入るのは、魔物を倒して、素材を得るためだ。考助のように、中に町を造ったり、召喚獣を召喚したりという話は聞いたことがなかった。勿論、そういったことを知っていて隠している支配者もいるだろうが。考助もそうなので、人のことは言えない。

「ということは、変に公開すると、戦争とかに召喚獣が使われたりする？」

「ああ、間違いなくあり得るじゃろうな」

断言するシュレインに、考助は渋い顔になった。

「だったらますます言えないいな」

「そうね。言わないほうがいいと思うわ」

シュレインとコレットは頷いて同意を示した。もともと言うつもりはなかったが、戦争に召喚獣たちが使われることを考えると、気軽に公開していい話ではない。考助としてもいざとなれば間違いなく召喚獣たちも投入する。ただし、コウヒとミツキがいる限り眷属たちを投入しなければならない事態というのも、なかなか考えづらいだろうが。わざわざ災いの種を蒔く気もないので、これに関してはほかのメンバーにも言わないように徹底することを決める考助であった。

（二）新たな妖精たちとフローリア

サポート一号の様子を見ていた考助に、突然現れたシルフが唐突に言ってきた。

「ねえ、兄様。ほかの子たちは呼ばないの？」

「……はい？」

唐突な言葉に、考助は面食らった。シルフが突然現れるのはいつものことだが、あまりにも脈絡のない言葉に、意表を突かれたのだ。

「ほかの子たちって、なんのこと？」

「ほかの子たちは、ほかの子たちよ！」

シルフがそう力説するが、考助はそれだとわからないので聞いたのだ。残念ながらシルフに関しては、言い回しが独特だったりするので、このように話が通じないことがたまにある。なんとかシルフの意図を汲み取って理解しようとしたが、早々に諦めて仲介者を呼ぶことにした。

「……エセナ、助けて」

「はい、兄様」

考助が呼びかけると、すぐにエセナが姿を現した。

「またシルフがなにかしましたか？」

「ひどい。私、なにもしてないのに」

エセナの言葉に、シルフがぷくりと頬を膨らませた。

「はは。いや、なにもしてないよ。そうじゃなくて、いつものように通訳お願い」

「ああ、そういうことですか。……今回は、なんと言ってきましたか？」

「私、変なこと言ってない！　ただ、ほかの子たちを呼ばないのかって聞いただけ！」

その「ほかの子たち」が、なんのことを指しているのか考助にはさっぱり見当がつかないので、エセナを呼んだのだ。

「と、いうわけなんだけど……わかる？」

「ええ。ほかの妖精石のことを言っているのです」

「ほかの妖精石って……え？　呼ぶってなに？」

「召喚のことだと思いますが？　シルフのときと同じように」

「え？　呼べるの？」

最近は妖精石のある場所には、ほとんど足を運んでいなかった。一言で言えば、忘れていたといってもいい。それだけゴーレムに熱中していたともいえるが、あまりに変化がない妖精石に飽きていたのだ。

「ぶー。兄様、忘れていた？」

「え？　いや、うんまあ、そんなことはないよ？　ほかで忙しかっただけ」

「むー」

シルフの視線を避けるように、考助は横を向いた。

「シルフ、それではほかの子たちの準備はできているのですか？」

「うん。もうあとは兄様の許可をもらうだけだよ」

妖精ふたりの会話に、考助が置いてきぼりになった。

「ええと？　どういうこと？」

首を傾げた考助に、エセナが説明を補足した。

「妖精石の準備が整ったようなので、最後の一押しをお願いします」

「つまり、妖精石に触れればいいわけ？」

「そう！」

ようやく考助に話が通じたと理解したシルフが、嬉しそうに返事をした。エセナという通訳を挟まなければ絶対に通じなかったんだろうなあ、と思いつつ、考助は妖精石を設置している各階層へと向かって歩き出した。


妖精石のある階層へ向かう前に、ちょっとした出来事があった。二号のゴーレムを作っていたコウヒとミツキが、ちょうど手を離せない作業をしていたのだ。それならコウヒもミツキも連れずにいく、と言った考助に、ふたりが「絶対にダメ（です）！」と主張したのだ。過保護だなあ、と思った考助だったが、ふたりに睨まれて逆らえるはずもなく、コウヒが手を離せるようになるまで待つことになった。待つといっても一時間ほどだったので、魔道具作りをしたりしていたらすぐにコウヒが呼びにきたのだが。

最初に向かったのは［火の妖精石］を設置している第四十六層だ。

以前と同じように、［火の妖精石］に手を触れて神力を送り込む。するとシルフのときと同じく、小さな火の妖精が出現した。考助は、一緒に来ていたエセナとシルフに促されるまま、その火の妖精に神力を渡した。

「兄様、よろしく頼む！」

なんとも男勝りな妖精が誕生し、名前をサラと付けた。勿論サラマンダーから取っている。

次は［水の妖精石］がある第四十八層。

第四十六層と流れは一緒だった。まずは［水の妖精石］に手を触れて神力を流し込み、最後の一押し。そのあと生まれた水の妖精に、考助の神力を直に渡して成長。

「よろしくお願いします、お兄様」

挨拶をされたあとで、ディーネと名付けて喜ばれた。

続いて［地の妖精石］がある第八十一層。ここでは、まず［地の妖精石］のところに向かう前に一悶着があった。考助がナナの突進攻撃を食らったのだ。転移門を出てから一分も経っていないのに、速攻でやってきたナナに、考助は心の中で称賛した。そのナナを加えて［地の妖精石］を設置している場所へ行き、先ほどまでと同じ手順で地の妖精を誕生させた。

「兄様、よろしくお願いしますね」

四人（？）のなかで、姿が一番年長のように見える地の妖精に挨拶される。名前はノーミードを少し変えて、ノールと呼ぶことにした。

最後は［風の妖精石］がある第八十層。

シルフと同じように風の系統の妖精が誕生するのかと思っていたのだが、以前の火の妖精と同じように飛龍のもとへと向かっていった。その対象がコーだったのだが、偶然なのか必然なのかは、エセナや四属性の妖精たちに聞いてもわからなかった。

風の妖精と合わさったコーは、鳳凰ペアが生まれたときと同じように、進化していた。天恵スキルに《風の恩恵》が増えている。さらに、ほかの飛龍たちに比べて一回り体が大きくなっていた。それでなくても飛龍は体が大きいのだが、さらに威圧感が感じられる。ただし考助の前では、その威圧感が吹き飛んでしまうようだったが。ちなみに体が大きくなっても鳴き声は以前と同じ「キュオ」のままだったので、思わず和んでしまった。コーが考助を背に乗せて飛びたがったので、小一時間ほど空の散歩を楽しんだあとで、考助は管理層へと戻った。


具現化した四属性の妖精をいきなり連れて帰った考助を見たコレットが、眩暈《めまい》を起こして倒れかかった。隣にいたシルヴィアが、慌ててコレットを支える。

「ちょっとコレット、大丈夫ですの？」

コレットの目の前で、シルヴィアが手を左右に振っている。それを傍目《はため》に見ながら、シュレインがこめかみを押さえて考助に向かって言った。

「……現人神になったときも驚いたが、今回はそれ以上じゃの」

「え？　えっ⁉」

ふたりの態度に考助が慌てた。考助にしてみれば、シルフと同じようにほかの妖精を加えただけで、これほどの反応をされるとは思っていなかったのだ。ただ今回に限っては、そう思ったのは考助だけではなかった。

「それほどのことですか～？」

ピーチが首を傾げつつシュレインに聞いたのだ。見ればシルヴィアも同じような表情になっている。巫女のシルヴィアにしてみれば、現人神になったとき以上の驚きと言われてもピンとこなかったのだ。

「吾らのような精霊を扱う者にとっては、妖精自体が伝説の域の話じゃからの。ましてや四属性すべてを従えるなど、精霊神に匹敵する快挙なのだぞ？」

「なるほど～」

シュレインがこうして落ち着いていられるのは、それ以上に取り乱しているコレットがいるからだ。精霊に一番近しい存在といわれるエルフであるコレットが、ここまで取り乱すのもよくわかる。

いまだに首を傾げているシルヴィアに、シュレインがなおも補足した。

「いきなり目の前に下級神を四柱連れて帰ってきたら、そなたでもこうなるだろ？」

「……なるほど、納得しましたわ」

いくらもともとシルフがいたとしても、四属性すべての妖精を目の前にすると、インパクトが違うのだ。たとえ［妖精石］があって、こうなることが予想できていたとしても、実際に目の前にすると衝撃は大きかったらしい。なにも言わずに、いきなり連れ帰ったのも悪かったのだろう。

「あー、えっと、ゴメン。それで、コレット大丈夫？」

「だだだ、大丈夫よ！　ちょっと驚いただけで‼」

どう見ても大丈夫そうではなかったが、それでもなんとか起き上がったコレットは、もう一度四属性の妖精たちを見てふらりと倒れかかり、なんとか踏ん張った。さすがに二度も同じようなことにはならないように、理性が働いたらしい。シュレインが、同情するようにコレットの肩をポンと叩いた。

「いっそのこと、いま以上のことを覚悟しておいたほうがいいかも知れんの」

「いま以上というと、あれ、あれ？」

「あれ、だの」

ふたりの間で交わされた不穏な会話に、考助は突っ込むかどうかしばらく悩んで、結局やめておいた。なんとなくふたりの視線が、これ以上聞くなと言っていた気がしたのであった。

◆

サポート一号ができたお陰で、餌やりの時間を考えなくてよくなった。階層が多いアマミヤの塔にとっては、これ以上のメリットはない。というわけで考助は、早速空いている階層に眷属たちを召喚することにした。眷属を召喚するのは、元南の塔だった九つの階層から選んだ。第十一層は、すでにミニドラを召喚してあるので、とりあえず数を五十体に増やしておいた。第十二層、第十三層、第十四層には、それぞれレイス、スライム、ゴブリンを召喚する。四属性の塔と同じものを召喚して、成長に違いがあるのかを比べるのだ。

ちなみにレイスを召喚した第十二層は、わざわざ階層をダンジョン仕様に変えてある。階層の環境を大きく変える機能は、もともと塔の機能として備わっていたが、初期の頃は使用する神力が大きすぎて使えなかったのだ。今回、それなりの神力を使ったのだが、必要経費と割り切って変更した。

ミニドラ以外の眷属たちに関しては、考助が一体召喚をしたらメニューに登録されたので、それを使って数を増やしている。それぞれの階層に、五十体の眷属を召喚して、いつもの［神水］や厩舎などのセットを設置した。

第十二層も、それなりの広さがある場所を選んで拠点を作った。ダンジョン仕様にした段階で、自然発生する魔物も自動的に第五十一層に出現する魔物に切り替わっていたのだが、その辺に関しても今後は要検証といったところだろう。環境によって自然発生する魔物が変わるのは納得できる仕様なのだが。冒険者たちを呼び込む予定はないので、宝箱の設置は省いてある。魔物のなかには、宝箱の中身を集める性質のものもいるかも知れないが、わざわざそのために設置するのも無駄だと考えている。

ついでに罠の設置も同じ理由で省いていた。魔物を討伐して眷属たちのレベルアップを図るのが狙いなので、罠で数を減らす意味がないのだ。

第十一層、第十三層、第十四層に関しては、そのままの環境を使用している。ただ、そのままの環境といっても、正確にはもとが南の塔の階層なので、厳密には違っている。世界樹の階層と交換したときは、南の塔の低階層を交換しているので、出現している魔物も低レベルの魔物だ。スライムもそうなのだが、ゴブリンもテンプレ通り戦闘力は低いので、ちょうどいい感じになっている。進化した個体が出てきた場合は、一気に数を百体まで増やす予定だ。そのあとは、様子を見ながら数を増やそうと考えている。ただ、四属性の塔のように、階層すべてを眷属が占めるような召喚の仕方はしないつもりだ。理由としては、単純に階層が広すぎて召喚する手間がかかりすぎるためである。

考助はさらに、残りの階層をどうやって活用していこうか考えた。

眷属は、あまり種類を増やしても管理しきれないので、これ以上増やすことは考えていない。第一層から第七十層まで転移門で繋がっているルートを冒険者たちの階層として使用する予定なので、実質考助が自由に使えるのは、六十七層分ということになる。眷属たちがいる階層は二十層もないので、まだまだ余裕はあるが、ただ単純に数を増やしていくのも意味がない。というか面白くない。かといってなにかに活用できるかといえば、すぐに思い付くようなことはない。

こうして考助の思考はループしていくのだが、ほかのメンバーはいつものことと放置していた。実質新たに召喚陣を設置した四層で、進化などの大きな動きがないと、特別することもないのも事実なのだ。

ちなみに、せっかく作ったサポート一号は、アマミヤの塔の餌設置でも役立っているが、現状ほかの塔、とりわけ四属性の塔の餌設置をして喜ばれている。狭い階層とはいえ、一層分まるまる眷属で埋めてしまっているので、餌用の召喚陣を設置するのがそれなりの負担になっていたのだ。

「……それで？　コウスケは、眉間にしわを寄せて、またなにを考えている？」

くつろぎスペースのソファで伸びていた考助に、フローリアが話しかけてきた。

「またって……いつもなにかやらかしているみたいに言わないでよ」

「違うのか？」

心底驚いたような表情で、フローリアからそう言われてしまった。

「違うよ。単に、たまたま当たったのが、皆から見るとやらかしているというだけで……」

「それをやらかしているというのだと思うが？」

まぐれ当たりだろうと、それが続けば必然ということになる。フローリアからジト目で見られて、考助はわざとらしく視線を外した。さすがに自分でも、言い訳になっていないと思い直したのだ。

「あ、うん。まあ、そうとも言う？」

「そうとしか言わないと思うが？」

しばらく考助を睨んでいたフローリアだったが、やがてクックッと笑い出した。

「そんな顔をしないでくれ。別に責めているわけではない」

「……そうなの？」

「そうさ。そもそもコウスケが、いろいろやらかしているからこそ、ここまで来ているのだろう？」

「それは、まあ、確かに」

初めのアマミヤの塔の攻略に関しては、完全にコウヒとミツキの力で成し遂げたものだが、それ以降は、だいたい考助がやらかしているものだ。勿論ワーヒドなど、コウヒとミツキから召喚された者たちのことも忘れてはいけない。そんな考助の様子を見ていたフローリアは、考助が寝そべっているソファに腰かけて、無理やり考助を起こして腕を組んできた。

「……フローリア？」

「フフフ。なに、たまにはいいではないか」

「いや、別にイヤってわけではないけれどね」

フローリアから直接、こうして身体的接触を求められることも珍しい。やるべきことはやっているのに、なにをいまさらという感情もあるが、それはそれ、これはこれなのだと思い知らされた。

しばらくの間、なにを語るでもなくフローリアと寄り添って座っていたが、考助がふと思い出したように問いかけた。

「そういえば、アレクに会いにいかなくていいの？」

「なんだ、突然？　いや、こんなときだからこそか。……会いたいかと問われれば、当然会いたいと答えるが、無理をしてまで会いたいわけではないな。会おうと思えば、ここで会えるしな」

何気にアレクも管理層の会議スペースに何度か来ているので、そのときにフローリアとは顔を合わせている。

「いやまあ、そうなんだけど。こっちに来ているのは、アレクだけではないんだよね？」

「ああ、母が来ているが……なんだ？　今日はやけにそっちの話を進めるな？」

「いや、特に意味はないけど。寂しくないのかなと思ってね。特にこっちに来たときのことを考えると、ね」

アレクもフローリアも、すぐに考助から説明されて勘違いだとわかったのだが、初めは奴隷商人に引っ張られていくような感じで考えていたのだ。管理層に来てからは、まったくの誤解だったと理解できたのだが。それどころか、いまは当時からは想像できない関係になっている。

「あのときのことは言わないでくれ。……いや、いまとなってはあれもいい思い出か」

フローリアはそう呟いたあと、クスリと笑い、絡めている腕をさらに強く抱き締めた。

「あのときもそうだが、最初に抱かれたときも、打算というのがあったのだがな」

「……それは、まあ気付いていたよ」

「……だろうな。だが、いまとなっては、それも吹き飛んでしまったよ」

フローリアの突然の告白に、考助は驚いた表情になった。

「なんだ、その顔は？　言いたいことはわかるが、さすがにそれは私でも傷付くぞ？」

「いや、ごめん。いまさらそんなことを言い出すとは思ってなかったから」

「そうだろうな。私も驚いているよ」

悪戯っぽい顔をしたフローリアは、クックックツとひとしきり笑った。実際フローリアは、自分がこんなことを言い出す性格だとは思っていなかった。間違いなく、考助によって変えられたのだと自覚している。

「まあ、悪い変化ではあるまい？」

「それはそうだね。というか、むしろ大歓迎」

考助とフローリアは、ふたり揃って笑いはじめた。

「あーっ！　皆がいるところでは、いちゃラブ禁止‼」

ふたりの時間は、コレットのその声で終止符を打たれた。コレットの声に気付いたほかのメンバーも、なんだなんだと集まってきた。というわけで、残念ながら滅多にないフローリアとのふたりだけの時間は、これで終わりを告げたのであった。

(三) 暴走

嫌な予感というのは、たいてい当たってしまうものだ。勿論、負の感情なので忘れにくいために、当たっていると感じるという意見もある。だが、考助に限っていえば、特に現人神になったときから、嫌な予感が外れなくなった気がする。

今回もまた、その嫌な予感からすぐに、ことは起こった。珍しく少し焦った様子でピーチが研究室へ入ってきたのだ。余談だが、ゴーレム製作室は、別室をわざわざ作った。現在、イスナーニは第五層へ行っていて、研究室には考助とミツキがいたのだが、そのピーチの様子を見てなにがあったのかと顔を見合わせた。

「ピーチ、そんなに慌ててどうしたの？」

「コウスケさん、ちょっと来てください。急ぎです」

そう言いながら考助の返事も聞かずに、ピーチは考助の腕を取って研究室を出た。

「ちょ、ちょっと待って、なにが起こったの？」

「私から話すよりも、直接聞いたほうがいいです～」

歩いている間に多少落ち着いたのか、ピーチがそんなことを言った。

ピーチがここまで慌てることってなんだ、と内心でびくついていた考助だが、とりあえず黙って連れていかれるままになっていた。当然後ろには、ミツキがついてきている。

ピーチが考助を連れてきたのは、いつも定例会を開いている会議室だった。定例会を開くとき以外ほとんど使われないその部屋に、三人の人物が待っていた。三人のうちふたりは、シュレインとフローリアだ。残りひとりは、管理メンバーではなく、第五層の行政府の高官のひとりだった。前回の定例会にも来ていたので、考助も覚えていた。その彼が定例会でもないのにこの場に来る理由が思い当たらずに、考助は首を傾げた。

「どうかしたの?」

「コウスケ、来たか」

考助の姿を見て、あからさまにホッとした表情になった一同。これを見た考助は、ほんとになにかが起こっているんだと、改めて気を引き締めた。

ここに来ていた高官も考助の顔を見て、あからさまに安堵の表情を浮かべている。その高官が、シュレインに促されるように、事情を話しはじめた。その話を聞くにつれて、考助の顔が引きつってきた。

ことの発端は、シュミットに発注していたゴーレムの材料を受け取りに、コウヒが第五層を訪ねたことに始まる。材料の受け取り自体は、不備があるわけもなくすんなりと終わった。

問題はそのあとだ。

なにを思ったのか、コウヒは受け取りが終わったあとすぐに管理層に戻らずに、第五層の様子を見て回りはじめたのだ。コウヒは勿論、自分の容姿が人目を集めることは、よくわかっている。その容姿を利用して、町の様子について話を聞き出したのだ。その噂話のなかに、今回の事件の発端となるものがあった。

端的にいえば、考助を貶める噂の数々だった。その噂話を聞いたコウヒは、その場では特になにもせずに、そのまま行政府へと向かった。コウヒのことなど知らない者が初めは対応した。だが、たまたまコウヒの顔を見知っていた高官がそこを通りかかって、顔を青ざめさせたのだ。そのときのコウヒの表情を見て、高官は一瞬で状況を理解した。すぐさまコウヒは高官によって別室に通されてアレク預かりとなり、その高官はアレクの許可を得てから、そのまま直接管理層へ来たというのが、ここまでの出来事だった。


話を聞いた考助は、ひとまず起こったことの対処をしなければならなかった。

「ミツキ、お願いだから、君まで突っ走らないでね」

考助の言葉に、全員がミツキに注目して、内心で冷や汗を流した。ミツキの表情はにこやかだったが、誰がどう見ても怒っているのがわかったのだ。

「あら？　どうしてかしら？」

「とりあえず、ちゃんと事情がわかるまで動かないで。いいね？」

「はあ。……わかったわ」

渋々といった感じで、ミツキが頷いた。とりあえずミツキの同意を得ることができたので、全員が安堵のため息をつき、さすがとばかりに考助を見た。その視線は、現在台風を起こしかけているコウヒへの対処の期待の表れだろう。

「……やっぱり嫌な予感って当たるなぁ……」

と、どうでもいいことを考えながら、考助は高官に連れられて第五層へと向かった。


「あ、無理。これ、無理」

行政府で、コウヒの顔を見た瞬間の考助の台詞である。その台詞を聞いたときのアレクの表情は見ものだったが、考助はそれどころではなかった。

「コウヒ、とりあえず落ち着こう」

「あ、主様、いらしたのですか。とりあえず不届き者は潰しますので、お待ちください」

いや待って。潰さなくていいから、と喉まで出かかった言葉は、結局外に出てくることはなかった。言っても無駄だということがわかったからだ。

「アレク。どういうことなの？」

第五層の中で考助を貶める噂が広がっている。それが、そもそもの原因だ。そんな状況をアレクが黙って見ているとは思えない。アレクはひとつため息をついた。

「以前からこういった噂はなかったわけではないのですがね。最近になって意図的に誘導されているようでして……」

言い訳めいたアレクの言い分に、考助が急いで助言した。

「アレク。政治的な駆け引きは、どうでもいい。わかってないみたいだから言うけれど、もうすでに手遅れだ。言うべきことを言わないと、君も巻き込まれるよ？」

考助の言葉に、アレクはぴたりと動きを止めて、コウヒを見た。考助がなんのことを言っているのかは、よくわかっている。そしていまの自分の言葉が、虎の尾を踏みかけたのだということも、いまの考助の言葉で理解させられた。

アレクは、当然噂話の存在は知っていた。先ほど話したように、裏で意図的に操っている者まで、ある程度は掴んでいたのだ。あとは、きっちりとした証拠を揃えたうえで、政治的に有利なように持っていくつもりだったのだが、コウヒという存在で全部吹き飛んでしまった。考助の言う通り、このまま放置すれば、自分どころか行政府自体もコウヒの怒りの対象になってしまう。第五層の行政府だからといって、コウヒは遠慮しないだろう。

そこまで考えが及んだアレクは、僅かに青い顔になりながら、コウヒに向かって釈明するように言った。

「……ここでの関係者は、すでに割り出しが済んでいます。……裏で糸を引いているところもだいたいは……」

「教えなさい」

コウヒが端的に短く言った。

「コウヒ様、今回のこれを上手く利用すれば、この町の立場はもっと……」

なんとか利点を説明したうえで、思いとどめようとしたアレクだったが、コウヒはその一切を無視した。

「そんなことは私には関係ないのですよ。それで、教えるの、教えないの？」

その一言が最後通牒だと理解できたアレクは、すぐに一枚の書類をコウヒに差し出した。

「いちおう、いままでにわかっている情報です」

コウヒは、その書類を受け取ると、すぐにその部屋から出ていった。おそらくデフレイヤ一族のところに、裏を取りにいったのだろう。それくらいのことは、考助でもわかる。

コウヒが出ていったのを見て、アレクはため息をついた。だが、そのアレクを見て、考助は気の毒そうに言い出した。

「アレク。悪いけど、安心するのはまだ早いよ？」

「は？　それはどういうこと……」

どういうことなのか、と問おうとしたアレクは、考助の傍にいたミツキを見て、すぐに考助が言いたいことがわかった。アレクはごくりと喉を鳴らして、ミツキを見た。

「まあ、今回に関しては、初回ということで見逃してあげるわ。けど、次に同じことをしたら……たぶん私が動かなくても、コウヒが即動くと思うわ」

今回の件に関しては、コウヒもミツキもアレクに対して怒りを感じている。正確には、行政府に対してということになるのだが。

考助を不当に貶める噂を、行政府はあえて見逃していた。その噂を意図的に流している者たちを暴いて、政治的に有利に立とうとしたのだ。だが、コウヒもミツキも、噂をそのままにしている時点で同罪だと感じている。今回見逃しているのは、あくまでも考助がアレクを重用しているからに過ぎないのだ。

「…………わかりました」

アレクがミツキに頭を下げて、ミツキも引き下がった。

考助としてもコウヒの動向が気になるので、すぐに行政府を去ることにした。一緒に来ていたピーチが、考助たちが去ったあとでアレクに言った。

「コウヒ様とミツキ様にとって、コウスケ様は完全に虎の尾だから、下手に利用しようと考えないほうがいいですね～」

「……できれば最初に教えてほしかったですな」

「あら～。最初のフローリアのときのことで、わかっていたと思っていました」

ピーチに言われて、ようやくあのときのことを思い出したアレクであった。

「……確かに」

落ち込むアレクに、ピーチが慰め（？）の言葉を投げかけた。

「まあ、あのときとは状況が違いますから無理はありませんが、ここではいままで使っていた手段も使えないということを、きちんと徹底したほうがいいでしょうね～」

「そうしよう」

アレクはピーチの言葉に、重々しく頷いて同意するのであった。

考助たちが第七十七層のデフレイヤ一族を訪ねたときには、すでにコウヒはいなかった。もっとも、たとえ追いついていたとしても、いまの彼女を止められるとは、考助も含めて誰も考えていないのだが。

＊◆＊

考助が来たことに気付いたデフレイヤ一族の長であるジゼルが、複雑な視線で考助を見てきた。一族が持っている情報を勝手にコウヒに渡したことに対して、不安になっているのだろう。だが、コウヒに情報を渡さなければ、今度はデフレイヤ一族がどうなっていたかわからない。

「ああ、うん。今回のことに関しては、特になにも言わないから安心して」

考助がそう言うと、ジゼルがあからさまにホッとした表情になった。

「でも、あの噂に関しては、デフレイヤ一族も情報を掴んでいたんだよね？」

考助の言葉に、ジゼルが苦虫を噛み潰したような表情になった。

「勿論です。ですが、言い訳になってしまいますが、情報を持っていた者の認識が甘くて、私のところまで報告が上がってなかったのです」

「あー、なるほどね」

基本的にデフレイヤ一族が優先しているのは、直接的な被害がある場合に限られている。勿論、噂というレベルでも直接的な被害を及ぼす場合があるので、無視するわけではない。だが、今回に関しては、考助個人を中傷する内容と、あとは周囲の受け止め方が笑い話程度で止まっていたので、担当した者がほかの件を優先していた。人数が限られているので、どうしても優先順位をつけるのは、仕方がないことなのだ。

「今回の件を機に、一族の者たちの意識も変わるでしょう」

「というか、変わらないとデフレイヤ一族も対象になる可能性があるかも？」

ジゼルは、その言葉でギョッとした表情になり、次いで重々しく頷いた。

「……今後は、必ず徹底させましょう」

「そうしたほうがいいね。それで？　コウヒはどこに行ったの？」

考助は、ようやく肝心のことを聞いた。

「サジバルという、北の街とリュウセンの間にある都市です。そこに愚か者どもの拠点があります」

「なるほどね」

考助は、ひとつ頷くとミツキに向かって聞いた。

「いちおう聞くけど、コウヒを止められる？」

問われたミツキは、ニコリと笑って答えた。

「なぜ止めなければならないの？」

「はあ。やっぱりか。……さて、どうしようかな？」

予想通りのミツキの答えに悩みはじめた考助に、ジゼルが聞いた。

「止めないのですか？」

「うーん。ああなったコウヒを止められない、というのもあるけど、止める意味もないかなって思ってね」

「なるほど」

ジゼルは、考助が言いたいことの意味がわかった。サジバルへ向かったコウヒが、どう行動するのかはわからないが、目的はわかっている。あえて止めずに、今回の件を終わらせてしまうのもありだと考えているのだ。

「というわけだから、現地にいる人たちには、余計な手出しはしないように伝えてね。まあ、わざわざ手を出す人もいないと思うけど」

「伝えておきます」

考助の忠告をありがたく聞きながら、ジゼルは重々しく頷いた。


サジバルの町の長を務めているジザリオンは、そのとき執務室で決済を行っていた。業務のほとんどを手下に任せているのだが、ジザリオン本人がやらなければならない業務というのもある。

そんなジザリオンの執務室に、部下のひとりが駆け込んできた。

「ジ、ジ、ジザリオン様……‼」

「なにごとだ。騒々しい⁉」

普段であれば、ジザリオンのその声に動揺するはずの部下が、今回に関してはそれどころではないといった様子で、窓の外を指しながら続けた。

「そ、外。窓の外をご覧ください！　早く‼」

部下のその様子を見て、本当になにかあったのだろうと見当をつけたジザリオンは、言われた通り窓に近付いて外を見た。

「なんだ、なにもないでは……あれは、なんだ？」

最初はただの空が、いつも通り広がっているように見えたのだが、ある違和感に気付いた。その違和感を注視すると、すぐにそれがなんであるのか理解できた。いや、強制的に理解させられてしまった。

サジバルの町の上空に、ひとつの人影が浮かんでいた。

正確には、二対《つい》の翼を持った人影だ。普通であれば、小さくしか見えないはずのその人影は、遠くから見ているにもかかわらず、強烈な存在感を示していた。

神の使徒、代弁者、等々。

まさしくその姿は、言い伝えで語られているままの姿だった。その威圧感も、言い伝え通りの強さを示している。いや、実感してしまえば、それ以上にさえ感じる。

「な、なんだ⁉　なぜあのような存在が、ここに⁉」

そのジザリオンの問いに答えられる者は、ここにはいないはずなのだが、ごく普通に答えが返ってきた。

「それをあなたが言うのですか？　白々しい」

「な、何者だ⁉」

突然耳元に聞こえてきた、聞き覚えのない声に、ジザリオンがきょろきょろとあたりを見回したが、それらしい者は誰もいない。

「どこを探しているのですか。先ほどのあなたの問いに答えただけですよ?」

「……ま、まさか⁉」

ジザリオンが、無意識に避けていたほうを見た。

「ようやく気付いたのですか? あなたのような者を、愚か者というのでしょうね」

「なっ……⁉」

いまだかつて耳にしたことのないその侮辱に、ジザリオンの頭が沸騰しかかる。だが、反論する言葉は出てこなかった。圧倒的な威圧感で、無理やり止めさせられたのだ。

「とりあえず、あなたの言葉などこれ以上聞きたくありません。黙ってそこで、これからのことを見ていなさい」

ジザリオンは口を開こうとしても開けないことに気付いた。なにかに縫いつけられたように、口はピタリと閉じられたままだ。気付けば、移動しようとして足を動かそうとしても、それさえままならない状態になっていた。助けを求めようにも口を開けないので、どうしようもない。ジザリオンは、結局これから起こることを、その場で見ていることしかできなかった。

「サジバルの民よ。よくお聞きなさい」

二対の翼を持つ代弁者のその声は、サジバルの町中に響き渡った。けして大きな声ではないのに、町全体に聞こえる不思議な現象だった。

「この町にいる愚か者三名が、吾が主を不当に穢す行為をしました」

その告白に、住人たちが心の中で悲鳴を上げた。代弁者の言葉がなにを意味しているのか、すぐに理解できたのだ。過去から脈々と受け継がれてきた物語と同じようなことが、ここでも起きようとしていると、一瞬で察したのだ。

「ですが、吾が主は寛大です。たった三名の愚か者のために、町のすべてを犠牲にする必要はないと仰せです」

その言葉に、住人たちの間にホッとした空気が流れた。

「ただし、主は寛大でも私は見逃せません。愚か者の処分はあなたたちに任せますが、対処が甘ければ過去の結果と同じことが、この町に降り注ぐでしょう」

少し前に弛緩した空気が、再度引き締まった。二対の翼を持つ代弁者が言う過去の結果というのがどういうものかは、嫌というほど伝えられているのだ。

「愚か者どもの名は、ジザリオン・サベス、ファット・リーネス、キキ・フラネス。愚か者とそれに連なる者たちに、この町がどういう結果を残すのか、十日待ちますから、あなたたちの選択をきちんと示しなさい」

代弁者はそう言い残すと、サジバルの上空から姿を消した。

その姿が消えてすぐ、それまでサジバルの町の中にいつの間にか発生していた威圧感が消えた。

住人は、緊張から解放されたように動きはじめたが、代弁者の言葉を忘れたわけではない。むしろその怒りを買うわけにはいかないと、すぐに行動しはじめたのであった。


戸惑い、不安、疑問、等々。

サジバルの住人が代弁者の通告を受けて抱いた感情は、けしていいものではなかった。それだけ受けた衝撃が大きかったといえる。代弁者が去ってからすぐに動き出した民衆だったが、結局なにが原因で代弁者を呼び込んだのか、愚か者たちと呼ばれた三人がなにをしたのか、すぐには確認できなかった。

そのうちに、動いていた民衆の間に、ひとつの噂が流れはじめた。先ほど現れた代弁者は、偽者であると。当然その噂は、ジザリオンの手の者が流している噂だが、人というのは信じたくないものからは、目をそらす生き物だ。

一日でその噂が人々の間に浸透しはじめた頃、さらに大きな動きがあった。サジバルの町にある神殿が統一した見解として、昨日現れた代弁者は本物であると発表したのだ。しかも、ミクセンの三神殿のお墨付きまであった。さすがにこれを疑う民衆はいない。

代弁者とは神の代理を指す。当然その神を祀っている神殿が、このタイミングで虚偽を発表することは考えられないというのが、人々の噂の主流になった。なかには、最初の偽者情報は、代弁者の言う愚か者どもが流した噂だという話まで出ていた。この時点で、完全に町の住人の怒りの矛先は、代弁者の怒りを買った犯人に向いていた。

「まさか、神殿が動くとはな」

執務室でジザリオンがそう呟いたが、その彼に向かってひとりの男が慌てた様子を見せた。

「な、なにを言っているのですか！　流した噂は、完全に裏目に出ているのですよ⁉」

「ファット殿、少し落ち着きなさい。いまここで慌てても意味がないでしょう」

「し、しかし、キキ殿！」

ファットと呼ばれた男が、今度は自身を諫めたキキのほうへ向いた。

「いま焦っても、いいことなどない。それに、神殿はこれ以上のことはできんよ」

確かにジザリオンたちが流した噂は、神殿によって否定されてしまった。だが、神殿はそれ以上のことはできないということも、ジザリオンは読んでいた。

「民衆どもが我々のことを掴んだとして、彼らになにができる？」

続いたジザリオンの言葉に、ファットは少し落ち着いたように座り直した。それほどまでに、彼ら三人の立場はこのサジバルの中では突出しているのだ。

「ただ、神殿があの者を本物だと認定したことは、気になりますね。しかも動きが早かった。最初から代弁者がいたことがわかっていたかのようです」

キキの言葉に、ジザリオンがフムと考え込む様子を見せた。

「どうせいつもの神の威を借るなんとやら、だろう。ここぞとばかりに神殿の権威を強めたいのであろう？」

「な、なるほど」

「そうですか」

ジザリオンの言葉に、納得した様子を見せたふたり。

完全に自分の信じたいことだけを信じているために、このような結論になる。あの威圧を受けてからまだ丸一日も経っていないのに、この有り様だった。

彼らにとって都合のいい弛緩した空気の中、女性の声が響いた。

「よくもまあ、そこまで自分たちに都合のいいように考えられるわね」

「誰だ……!?」

いま三人が集まっているのは、ジザリオンの執務室だ。ここまで許可なく入り込める者は、存在しないはずだった。

三人が声のしたほうに顔を向けると、そこにはひとりの女性がいた。その姿を見た三人は息を呑んだ。これまで見たことがないほどの美貌の持ち主だったのだ。ちなみに昨日の代弁者の顔をはっきり見ていれば、並び立つ美貌、という感想を持っただろうが、残念ながら上空にいた代弁者の顔は、はっきり見ることができなかった。一瞬だけその顔に気を取られたジザリオンだったが、すぐに我に返った。

「なにをやっている！　侵入者だぞ!?」

ジザリオンがそう声を張り上げて、常にドアの外にいる護衛に呼びかけたが、その声に反応する者はいなかった。怒りで顔色を変えたジザリオンだったが、それを目の前の女が嘲笑した。

「いくら叫んでも無駄よ。声が通らないように結界を張ってあるから」

「なに……⁉　ば、馬鹿な！」

キキが、ごそごそとなにかを取り出すと、顔色を変えた。女の言っていることが本当だとわかったのだ。

「わかったかしら？　ねえ、いつでもあなたたちの命なんて取れるのよ？」

ニコリと笑った女を、ようやく状況が理解できたジザリオンが、強く睨みつけた。

「……なにが目的だ？」

「あら。目的はすでにあの娘《こ》が伝えたじゃない？」

「……なに？」

ジザリオンたちの反応に、女は呆れたようにため息をついた。

「あのねえ。このタイミングで、来るはずのない場所に、ひとりで来るのよ？　少しは察しなさいよ」

ここに集まった三人は、さすがにそこまで言われて理解できないほど、鈍い頭ではなかった。

ジザリオンが、歯ぎしりをしたあと、女を再度睨みつけた。

「……代弁者とやらの使いか」

「あら嫌だ。そんなわけないじゃない」

「なに？」

「私は別にあの娘の使いっ走りじゃないわ。単にちょっとした事情でここに来ることができなくなったあの娘に代わって、あなたたちの末路を見届けにきたのよ」

結果を報告する必要もあるしね、という呟きは、三人には届かなかった。

「使いでないのなら、お前は……何者だ？」

「なぜあなた程度の輩《やから》に、私の名前を教えないといけないの？」

心底不思議な様子で、ミツキが首を傾げた。いままで受けたことのないような屈辱に、怒りで目の前が真っ赤になるが、それでもジザリオンはそれを抑えた。すでに、目の前の女がその気になれば、自分たちの命などすぐ取れることは察している。だが、同時にそれをしないのにも、なにか理由があるという見当も付けていた。

「お前の名前などどうでもいい。何者かと聞いているのだ」

「あらあら。ほんとにわからないのかしら？　おバカさん……いいえ、あの娘が言ったように本当に愚か者だったのね」

まったく話が噛み合わない。ジザリオンには、女がわざと話をそらしているかの判断はつかなかったのだ。

「それでは、質問を変えよう。お前はなにをしにここへ来た？」

「ただの見学よ？」

「……なに？」

「さっきも言ったじゃない。あなたたちの末路を見にきたって。ねえ、気付いている？　この町の人たちがあなたたちをどうしようと、結果は変わらないって？」

「……なにが言いたい？」

「あら。本当にわからないの？　代弁者に見捨てられた都市がどうなるのか、わからないはずがないわよね？　なにしろ、子供に言い聞かせる話として伝わっているのだから」

女の言葉に、ジザリオンはフンと鼻を鳴らした。

「そのようなことが……」

「できない、と？　だから愚か者と言われるのよ。まあ、物理的にやることも可能だけれど……今回はそんなことは必要なさそうね」

女の楽しそうな表情に、一瞬ジザリオンは寒気を覚えた。理解した、いや、理解させられたのだ。目の前の女は、本当にこの町を一瞬で破壊することが可能だと。

「だ……代弁者⁉」

ジザリオンの後ろからキキの声が聞こえた。同時に、ファットの「ヒッ」という短い悲鳴も聞こえてきた。

「ば……馬鹿な。なぜふたりも代弁者が……⁉」

ようやくジザリオンは、自分たちがなにをやってしまったのかを思い出した。

「ま……まさか、アマミヤの塔の支配者が神というのは、本当の……⁉」

「だから愚か者と言っているのよ。神殿からも正式に発表されているのに、自分たちが信じたい情報しか信じないから、馬鹿な真似をすることになるのよ」

ここに至って、ようやくジザリオンたちは、自分たちがしでかしたことを理解した。

「あら。勘違いしないでね。これでも私はあなたたち、愚か者に感謝しているのよ？　これで二度と主に対して馬鹿なことをする愚か者は出てこないでしょうから」

そこまで言ったあと、女はふと首を傾げて苦笑した。

「いえ。今回のように前例があったからこそ、また馬鹿なことをする者は出てくるかも知れないわね。まあ、いいわ。それじゃあ、三人とも残り少ない栄華を楽しんでね」

女はそう言い残して、唐突に姿を消した。

女が姿を消すと同時に、部屋のドアをノックする音が響いてきた。

「ご主人様！　ご主人様‼　どうされました⁉」

その音に、ようやく三人も現状が把握できたように動き出した。ドアを開けて入ってきた部下の話を聞いて、すでに半日以上時間が過ぎていることに気付かされた。女がなにかをしたのは明らかだったが、どのタイミングでなにをしたのかは、まったくわからないままなのであった。

（四）触らぬ神に祟りなし

謎の女と話していた時間は、ジザリオンの体感では一時間もなかったのだが、気が付いたときには一日近くが過ぎていた。話をしていた時間が引き延ばされたのか、あるいは女が去るときになにか仕掛けをしたのかはわからない。結果として、慌てた様子で部下が部屋に入ってきたときには、すでにそれだけの時間が過ぎていたのだ。

部下が言うには、なにをしてもドアが開かず、しまいには壁ごと破壊しようとしたが、それもできなかったということだ。壊すこともできず、中の様子を窺うこともできない状態で、彼ら三人がどうしているのかまったくわからなかったそうだ。

「……やってくれたものだな」

そう吐き捨てたジザリオンだったが、現状が認識できないほど鈍ってはいなかった。この状況において、一日という時間がどれほど貴重かというのはわかっている。あの女の目的もある程度は推測できる。三人を隔離することで、今回の件の対処を遅らせようとしたのだろう。

だが、ジザリオンにしてみれば、甘いと思っていた。自分が同じ立場なら、一日なんて中途半端ではなく、結果が出るまで隔離しただろう。あるいは、一日しか隔離できない理由があるのかも知れない。

少なくともジザリオンは、まだ対処できる範囲だと考えていた。確かに、自分たち三人は首謀者ではあるが、この件に関わっていたのは、三人だけではない。その者たちが、ある程度の対策はしているだろうと考えていたのだ。

……このときまでは。


執務室にはなにも異常がないことがわかったので、ジザリオンはすぐに手を打ちはじめた。あの女がなにか仕かけを残していることも考えたのだが、とある理由によりこの部屋で作業をするしかなかったのだ。

その理由というのは、魔道具だ。一度しか使うことができない使い捨てのうえに、非常に高価なのだが、こういったときほど性能を発揮する。場所も固定した場所でしか使うことができないなど、いろいろ制約があるために、どうしてもこの部屋から離れることはできなかった。

ファットとキキは、すでにそれぞれの屋敷へ帰っている。勿論、連絡は遠距離通信を使って取ることを決めていた。


それからジザリオンは、なんらかの手を打とうと各所に連絡を取りはじめたのだが、自分の見通しが甘かったと認めるしかなかった。今回の件に直接的に関わった者たちと連絡が取れなかったのだ。一日隔離されていたジザリオンたちと同様で、部屋に閉じ込められたり、どこにいるのかわからなくなったりしていた。ジザリオンたちが隔離されていた間に、あの女がなにかをしたのは間違いなかった。今回の件に関わっていなかった者たちは、すでに誰がなにをしたのかまで特定できていた。

ジザリオンにしてみれば、普段からそれくらい働いてくれれば、いろいろなことができたのにと思ったのだが、いまはそんなことを考えても仕方がない。現在ジザリオンのところに直接行使に来ないのは、あくまでもジザリオンの立場が立場だからだ。もしこれが市井の者であれば、とっくに捕らえられて、なんらかの処分を下されているだろう。

それはともかくとして、ジザリオンはその立場を最大限利用して、今回の件を逃れるつもりだった。サジバルの人材が使えなければ、外の人間を使えばいいのだ。いくらなんでも、遠く離れた町の人間にまで手を出せるとは考えていなかった。

「……どういうことですかな？」

「どうもこうもありませんよ。あなたはやりすぎた。いや、手を出してはいけないところに手を突っ込んでしまった」

その返答に、ジザリオンは呆然とした。

「あの塔の支配者が本当の神であるかどうかはともかく……いや、神殿が発表している以上本物なのでしょうが、神々と直接繋がりがあるのは、十分に推測できたでしょう？　それなのに今回のようなことを起こした。非難こそすれ、味方する者はいないと思いますよ？　誰もとばっちりは食いたくないでしょうし」

「……ひとつ聞いていいですかな？　今回の話はどこから？」

代弁者の出現はサジバルの町で起こったことだ。それにしては、あまりにも情報の伝わり方が、速いだけではなく正確に伝わっている。その答えはあっさりと相手からもたらされた。

「塔の行政府かクラウンからに決まっているではないですか。なにか隠しているのはわかっていましたが、今回の件で裏付けが取れましたね。やはり侮れません。それに、どこの町も『粛清』は受けたくないと思うのは、当然でしょう？」

「馬鹿な。それが塔の目的だということが、わからないのですかな？」

「そうかも知れません。いえ、そうなんでしょう。今回の件が、仕組まれたのかどうかはわかりません。ですが、少なくともあなたの町に出現した代弁者は本物です。それを神殿が認めてしまった。それはもう変えられないのですよ」

相手の突き放すような言い方に、ジザリオンは顔を歪ませた。

「私だけではありません。ほかの人間にも確認してみましたが、あなたたちに手を貸そうという者は、ひとりもいませんでしたよ」

それほどまでに、この世界では代弁者の伝説というのは、根強く伝わっているのだ。さらに、代弁者が本物であるとミクセンの教会が認めてしまった。これを覆すことは、いくらジザリオンでもできるものではない。

「というわけですので、連絡はこれっきりにしてください。私が味方だと思われてはたまりませんので。今後通話を使われても出ません。それでは」

「ま……待て！」

慌てて会話を続けようとしたジザリオンだったが、すでに通話は一方的に切られていて、魔道具は使い物にならなくなっていた。もう一度同じ相手に、別の新しい魔道具で繋ごうとしたが、宣言通り相手が出ることはなかったのである。

その後、何人かに連絡を取ったのだが、返事は芳しくなかった。というよりも相手にされなかった。完全にジザリオンを見切っていることが理解できた。恐ろしいのは、セントラル大陸すべての都市に情報が伝わっていたことである。四つの都市に転移門、東西南北の都市にクラウンの支部があることはわかっているが、たった一日で情報が伝わるということにジザリオンは愕然としてしまった。

考助に言わせれば、いまさらという感じだが、完全に見誤っていたジザリオンは、アマミヤの塔が抱える行政府とクラウンという組織の力を認めざるを得なかった。

代弁者とアマミヤの塔の関係者の繋がりはジザリオンにはわからないが、それでも見事というほかなかった。この町にいて連絡がつかなかった者たちも連絡が取れるようになっていたが、そのときにはすでに手遅れだった。町の誰もが代弁者の『粛清』を恐れたために、行動が早かったのだ。

サジバルの町に意図的に情報が流されていることも感じていたが、対処できなかった。

サジバル内部だけで話が完結していれば対処もできたのだが、外部から情報が伝わり裏付けが取られると、どうしようもなかったのだ。どこまで代弁者とあの女が関わっているかはわからないが、思惑通りになったのだろうと思うしかなかった。

代弁者が出現した、あの日から十日。

その宣言に押されるように、今回の件に関わったすべての者たちの処罰が決まっていた。あり得ないほどの処置の早さは、明らかに代弁者を意識したものだった。こうしてサジバルという町は、ジザリオンたち三人を含め、この件に関わったすべての者たちを切り捨てることを決定したのである。


サジバルで起こった出来事は、セントラル大陸にいるすべての人々にひとつの不文律を与えた。すなわち、現人神である考助には不用意に手を出さない、ということである。

クラウンにしろ行政府にしろ、外部とさまざまな交渉を行ってきているが、それに関して考助が直接関わったことはなかった。だが、その考助本人を対象にした中傷を仕かけた途端、今回のようなことが起こった。触らぬ神に祟りなし、という結論になるのは、当然といえた。

加えて、今回の件で転移門が設置されている四つの都市すべてが、アマミヤの塔の傘下に入ることを決めた。もともとケネルセンは六侯が傘下になっていたうえに、ミクセンも最大勢力の神殿が現人神への恭順を示していた。残りふたつの町が、今回の件で決断したことになる。

それもある意味当然といえる。なにしろ転移門という距離を無視できる移動手段がすぐ傍にあるのだから。しかも塔側は自由に使えて、自分たちは勝手に使えない。いざというときどちらに軍配が上がるかは、考えなくてもわかる。ついでに、先の通りミクセンもケネルセンもすでに傘下に入っているのだ。残りふたつの町も、もともとそれなりの関係を築いているとはいえ、安心できるわけでもなかった。それならいっそのこと、ミクセンやケネルセンと同様の関係を結んだほうがいいという結論になったのだ。そういう話は以前から出ていたのだが、今回の件でその話に拍車がかかったのは言うまでもない。

転移門が設置されている四つの町が、アマミヤの塔への恭順を示したことで、大陸の勢力図も大きく変わることになった。そもそもセントラル大陸は都市国家があるだけだったので、複数の都市を抱える組織などなかった。過去には存在していたこともあるのだが、都市間の距離と魔物の存在が、複数都市の支配を難しくしていたのだ。

だがその問題は、すでに転移門で解消されている。物理的な距離を無視して、すぐに移動できる転移門は、そういった問題を一気に解決することになった。さらに、最近になってクラウンが成功させた大規模商隊もある。運用に難がある船を使わなくてもいい物流の確保は、セントラル大陸において重要な意味を持っている。そういった物流が確保できるということは、単に物の移動だけではなく、ほかのものも移動ができると考えるのは当然であった。

アマミヤの塔の支配者である考助がどういった人物であるかは、噂程度の話しか出ていないが、大量の人の移動を考えない為政者はいないだろう。勿論それは、軍のことだ。考助自身はそんなことは考えていないのだが、それを知る術がないセントラル大陸の各都市の為政者たちが、それに対応するのは当然といえた。むしろ、考助が考えていようといまいと、それに対処するのが為政者である。もっとも、サジバルの状況を見た為政者たちが、武力に頼って対抗しようと考えることがいいことなのか悪いことなのかは、判断が分かれるところだろう。

ともかく今回の一件で、セントラル大陸の各都市がいろいろな対処を迫られることになったのは、当然といえた。海の向こうの各大陸にその影響が波及していったことも、今回の件が特大の事件だったことを示していた。


セントラル大陸のみならず、ほかの大陸にも大きな影響を与えた今回の事件だったが、その中心人物ともいえる考助は、これ以上は特になにかしようとは考えていなかった。余計な手出しをすれば、それが間違ったり曲解されたりして伝わり、もっと手が付けられなくなると判断した。結論からいえば、いつも通り放置しておくことにしたのだ。

当然ながら、姿を見せたコウヒとミツキにもこれ以上の手出しはしないように言ってある。迂闊に考助に手を出せばどうなるか、愚か者三人組とその関係者の末路で結果が示されたので、それで十分だった。考助としては、たかが噂でやりすぎじゃね、と思わなくもなかったのだが、怒れるふたり組に口出しする気にはなれなかった。町ひとつ消そうという話が出たときは、さすがに止めたのだが。勿論そのときは、考助だけではなくほかのメンバーも、必死にコウヒとミツキを抑えていた。

ちなみに、外部に対しては放置を決めた考助だったが、さすがにクラウンと行政府には顔を出している。まったく顔を見せないと、余計なしこりを残しそうだったので、その辺のフォローのためだ。

　特に行政府に関しては、間接的に関わっているので、本来の業務に余計な影響を与えかねないと考えたのだ。とはいえ、さすがにアレクもそのあたりのことはわかっていたので、ある程度の手は打っており、さらに考助が訪れたことで、なんとか業務に悪影響を与えるのは最小限に抑えられたという話だった。もっとも、行政府で今回の件に関わっていたのは、さほど多い人数ではなかったのだが。ともあれ塔内部へのフォローだけはしたので、あとは流れに任せることにして、考助はいままで通り、塔の管理業務へと戻ったのであった。


「そういえば、ヴァミリニア一族はどうしている？」

　いきなりそう聞いてきた考助に、シュレインがキョトンとした表情になった。

「どうしているとは？」

「ああ、いや、今回の件をどう受け止めているのかと思ってね」

　塔の階層で生活をしている種族は、現在のところ四種族。そのうち、デフレイヤ一族は今回の件に関しては、すでに対処が終わっている。エルフ一族は、そもそも外部との接触を一切断っているために関係がない。イグリッド族もヴァミリニア一族としか接触していないので、ほとんど関係がないといえる。ヴァミリニア一族は、転移門を使って塔の外にも行くことがあるので、今回の件は伝わっている。

「どうもしないな。さすが考助殿、と思っているくらいかの」

「そんなもんなの？」

「そんなものだの。こうしてヴァミリニア城を復活させてもらえたうえに、安全な生活まで保証されておる。もともと感謝の念しか持っておらんぞ？」

シュレインにしてみれば、なぜ突然考助がそんなことを言い出したのかがわからない。

「ああ、いや、そうじゃなくて。コウヒとかミツキとか、いろいろ思うところはあるんじゃないかと思ってね」

「そういうことか。それはちと考えすぎじゃの。そもそも吾らはある程度、コウヒ殿やミツキ殿の強さは理解しておる。納得する者はおっても、恐れる者はいないの」

「そうなの？」

「ああ、恐れないというのとは、少し違うか。吾らはそもそも強者に対して、畏敬の念を持つからの。むやみやたらに避けるようなことはしないの」

強いからといって、むやみに遠ざけたり嫌悪したり否定したりするわけではなく、強さを認めたうえで対応する。ヴァミリニア一族は古来からそうして生きてきたのだ。いまさらコウヒやミツキが目の前に現れたからといって、なにかが変わるわけではなかった。

ましてや、そのふたりが常に傍にいる考助に対しても、馬鹿な真似をする者はいないだろう。勿論、集団になれば、馬鹿なことを考える者が出てくるのは、ヒューマンでも吸血一族でも同じなのだが。

「吾らのなかでは、馬鹿なことをしたものだ、という話で終わっているな」

「それはまた、随分とあっさりしたもんだね」

思わず考助は苦笑した。

「吾らにも、触らぬ神に祟りなし、という言葉があるからの」

ヒューマンにも同じ言葉はあるのに、今回のように馬鹿なことをやる者は出てくる。その差はいったいなんだろうな、と考助は考えたが、答えは出なかった。

閑話三　助けて天女様！

「ひ～ん！」

『常春の庭』のほぼ中央に位置するアスラの屋敷に、情けない声が響いた。その声の主は現在、書類の山に埋もれている。いくら処理してもまったく減らないどころか、増えていく一方のその書類に、その声の主はついに泣き言を漏らしたのだ。

「ね、姉様‼　無理！　これ、絶対、無理！　ひとりじゃ絶対処理できない！」

そう悲鳴を上げたのは、ある意味予想通りというべきジャルだった。

考助と繋がりを持ちたい女神たちからの申請書類は、減るどころか増える一方で、ついにジャルの処理能力を超えてしまったのだ。書類が届きはじめてから真面目に働いているため、けしてジャルがサボっているせいではないことは、積まれた書類の山を見れば一目瞭然だ。その山に囲まれているジャルを見て、助けを求められたエリスはため息をついた。

「それは見ればわかりますが……。なぜひとりで処理しているのですか？」

「………………へ？」

エリスの素朴な疑問に、ジャルは思わず素っ頓狂な声を上げてしまった。

「部下なりなんなりを使って、ある程度までは処理させればいいのではありませんか？」

それを聞いたジャルは、茫然自失といった感じになった。

「……お、思い付かなかった。そ、それじゃあ、いままでの苦労は……？」

「まあ、自業自得ということでしょうか？」

エリスの容赦のない言葉を聞いたジャルは、燃え尽きたように机に突っ伏してしまった。

「……姉様の意地悪」

エリスのことだから、最初から処理が間に合わなくなることはわかっていただろう。ということは、部下や手下を使えばいいという解決方法も当然知っていたのだ。ちなみに、彼女たちのルールでは、部下や手下を使うことは一般的ではない。あくまでも自分の仕事の範囲は、自分で処理するのが普通だったりする。とはいえ、なにごとにも例外はあるのだ。

「最初から聞いてくれれば、きちんと教えましたよ？　とはいえ、普通はあなたも知っておくべきことだと思うのですが？」

「あはははははは…………」

笑って誤魔化したジャルに、エリスはもう一度ため息をついた。

エリスやジャルは、アースガルドにおいて三大神といわれる神である。当然それに伴う仕事も多くある。エリスは、ひとりでそれらの仕事をこなせば、当然手が回らなくなるので、何人かの部下的な立場の者を使っていた。ただしエリスの場合は、アースガルドで起こった問題に対して、各女神たちに処理を任せるのも仕事のうちのひとつである。

同じ三大神の立場にあるジャルも、当然そういった立場の者たちを使えるはずなのだが、いままで使ったことがないので、すっかり失念していたのだ。エリスは、部下を使わずに仕事をきっちり処理していたジャルは、それはそれですごいと考えている。残念ながら調子に乗るのが目に見えているので、言葉にするつもりはない。

ちなみに、ジャルが考助と交神しているときに毎回のようにエリスに怒られているのは、本来やるべき仕事を一時的に放り出しているからである。いっそのこと交神を禁止しようと考えていたが、交神に関しては、自分も他神《ひと》のことはあまり強く言えなかった。


そんな余談はともかくとして、考助の発言が発端となって増えた今回の事務処理のために、ジャルは初めて部下を募集することになった。

募集をかけると予想を遥かに超える人数が応募してきた。理由は簡単で、ジャルに近付けば、次に考助が来たときにお近付きになれるチャンスが増えるという下心が満載だった。募集の際、考助に関して触れたわけではないのだが、勝手にそういった憶測が広まった結果、それほどの数が集まってしまったのだ。その憶測をあえて訂正しなかったということも、応募が殺到することに拍車をかけた。実際次に考助が来たときには、きちんと部下として紹介するつもりなので、嘘というわけでもない。

結局、面接そのほかでいろいろあったが、なんとかふたりの部下を決めた。ふたりにやってもらうことは、多すぎる書類の振り分けだ。そもそも書類の不備が多すぎて、許可される書類がほとんどないのだ。単純な記入漏れであったり、誤記があるような書類をはじいてもらう。

結果は大成功。

たまりにたまっていた書類は、なんとか数日で処理された。あとは、毎日届けられる書類を処理するだけになったのである。


「むっふっふー」

ここ数日の書類仕事から解放されてご機嫌なジャル。

別にジャルが処理すべき書類がなくなったわけではない。書類不備の分を除くだけで、格段にジャルが担当する書類が減ったため、空き時間ができるようになったのだ。

「ジャミール様」

「ワキャッ……!? な、なに？ 今日のぶんは終わったはず……」

突然現れたミールに、ついエリスと同じような対応をしてしまう。ミールは先日の募集で見事合格を果たしたふたりのうちのひとりだ。ちなみにもうひとりはヘレンという。ふたりともエリスのお眼鏡にかなって合格したわけだが、事務手続きに素晴らしい手腕を発揮している。初めてやる仕事のはずなのに、この数日で見事に書類の山を片付けた原動力である。

……その、はずなのだが。

「終わっていたのですが、追加で書類がきたので、その分の処理もお願いします」

ミールの言葉に、顔を引きつらせるジャル。

「つ……追加って？」

「私たちが加わったことで、いままで遠慮していた者たちからも、書類が送られてくるようになったようです」

さらりと言われた台詞に、ジャルが撃沈した。

「え、遠慮って……」

「私のようなところにも以前のジャミール様の状況は伝わっていましたから、さまざまな方面で遠慮されていたようです」

「あ、あれで、遠慮されていたの……⁉」

「そのようです」

さらりと告げるミールに、ジャルは恨めしげな視線を送った。

「そのように睨まれても書類は減りません。作業をお願いします」

ミールから最終通告を受けて、ドナドナのように連行されるジャルであった。


ミールの言う通り、確かに処理すべき書類が大量に増えていた。だが、書類が増えたからといって、合格基準に達するものが増えたわけではない。それどころか合格する書類は減っていた。

「あーもー。ぎりぎり基準に満たなくて不合格になるならともかく、明らかに足りてないのに出してくるのはやめてほしいわ」

「ここに日々大量の書類が届いていることは、皆に知られていますから、まかり間違って通ることを期待されているようですね」

ジャルの愚痴にそう答えたのは、ヘレンである。そのヘレンの言う通り、ミスを期待して書類を出している者もかなりいたりするのだ。

「へっ⁉　そうなの？」

「みたいですよ」

「えー？　なにそれ？　たとえここで書類が通ったとしても、実際に称号が付かないと意味ないのにねー」

そのジャルの言葉に、ふたりの顔色が変わった。

「『付かないんですか⁉』」

「あれ？　知らなかったの？　書類審査は、やたらと神の力を使わせないようにするためなんだよね」

そもそも昔は書類審査などなかった。初めから失敗するとわかっていれば、神の力を使わないで済むので、間に書類審査を挟むことにしたのだ。

「それを早く知っていれば……」

「通達してきます」

部下ふたりが慌ただしく動き出した。実は書類審査のことは、古くから存在している神はともかくとして、新しい神は知らなかったりする。だからこそこのような事態になっているのだが、そもそも三大神であるジャルには、それがわかっていなかったのだ。書類審査が通ったとしても、実際に神の力が発揮されなければ意味がない。それがわかっていれば、そもそもこんな無駄な書類が増えることはなかったのだ。

その日に出された通達により、書類が大幅に減ったのは、どちらにとってもいい結果だった。空き時間ができることになり、ホクホク顔のジャルがよく目撃されるようになったのだが、

「ちょうどよかったです、ジャル。時間が空いているようですね」

「ワキャッ……!?　ね、姉様!?」

結局、以前と同じような光景が繰り広げられるのは、変わらないのであった。

第三章◆塔と新たなる力

（一）六方陣

セントラル大陸全体が代弁者の出現に揺れていた頃。

アマミヤの塔にいる考助は、別の問題にも頭を悩ませていた。それが発覚したのは、コウヒがサジバルの町で大々的にその存在を示してから二日経った朝だった。

コウヒのやらかした問題に頭を悩ませながらも、いつものように制御盤で塔のチェックを行っていた考助は、ここ最近では珍しいことに、ログが更新されていたことに気付いた。そのログを見た考助は、思わず二度見してしまった。


『大陸に存在するすべての塔がＬＶ四を超えました。

アマミヤの塔が大陸すべての塔を支配していることにより、六方陣システムが稼働します。

各システムについては新しいメニューをご覧ください』

そのメッセージを何度か確認した考助は、しばし固まったあとで、すぐさまその新しいメニューとやらをチェックしてみた……が、すぐに見なかったことにした。サジバルの問題で、しばらくは落ち着いて考えることができないと思ったのだ。そのメニューは、当分の間ロックをかけて、誰にも見えないようにしておくことにしたのである。

サジバルの問題が片付いたので、考助はとりあえずホッと胸を撫で下ろしていた。といっても今回の問題は、考助が直接動いたことはほとんどない。結果として塔にとっていい方向に向かっているので、これ以上干渉するつもりもない。

ミクセンの神殿周りでは、コウヒの出現を望む者たちが集まっているようだが、わざわざ要求に応えるつもりはない。というより、そんな者たちにいちいち構っていては、いくら時間があっても足りない。コウヒもミツキも考助が言えば現場へ向かうだろうが、自ら関わりに行くような酔狂者ではなかった。なんとなく、自分が直接手を出さないときのほうが上手くいっている気がする、と思わなくもない考助だったが、気のせいだと思うことにした。

そうして落ち着きを取り戻した考助は、ようやく封印していた新しいメニューの詳細をチェックすることにした。説明が二度手間になると面倒なので、最初からメンバー全員に集まってもらっている。

まず、大陸すべての塔がLV四になった件は、すでにハクから報告を受けている。ハクは、あのメッセージを考助が確認した前日に、塔がLV四になったのを確認していたそうだ。だが、状況が状況だけに言うのを控えていたとのことだった。

「それで？　六方陣システムとはなんのことじゃ？　まあ、なんとなく予想はつくが」

「まあ、皆の予想は当たっていると思うよ。このアマミヤの塔を中心にして、周辺六つの塔を線で結ぶと、ちょうど魔法陣のひとつの六方陣になるからね」

「……随分と大きな規模の魔法陣だと思うが？」

　フローリアの突っ込みに、考助は苦笑で答えた。

「まあ、そうなんだけれどね。さすがに詳しい作りはわからないよ。なんとなく想像はつくけど」

　想像できるんだ、とその場の全員が思ったが、結局誰もなにも言わなかった。考助はすでに、魔法陣に関しては、第一人者といっていいレベルに達している。そもそも、神威召喚しかり、神域への送還陣しかり、人外の業といっていいのだ。

「まあ、それはともかくとして、この六方陣を使ってあることができるようになるのが、六方陣システムらしいね」

「へ〜。それこそこれだけの規模だと、いろいろできそうですね〜」

　ピーチの言葉に、考助が苦笑した。

「ところが、そうはいかない。できることはある程度限られているよ」

「え？　そうなの？」

「うん。まあ、今後、塔ＬＶによって解禁されることも出てくるだろうけどね。魔法陣の作りを見る限りでは、さほどたくさんのことはできないかな？」

考助の解説に、なんとなくがっくりとした雰囲気が漂った。だが、続けて説明された考助の言葉に、全員の表情が唖然としたものになった。

「ただし、効果はさすがにとんでもないものばかりだったよ。たとえば、この大陸を囲う結界を張れるとか」

なんとコウヒやミツキも、その効果を聞いて驚いていた。大陸全部を囲えるほどの大きさの結界となると、魔力や聖力などの運用コストがとんでもないことになるはずなのだ。

「ただ、囲うといっても、大陸からいくらか離れた場所に、カーテンみたいに覆う感じだけどね。船の移動の場合は、もしこの結界を使ったら許可した船以外は弾かれるね」

この言葉を海運業者が聞いたら、真っ青になってしまうような話だった。

「そうはいっても、かなりの力を使うと思うが、その辺はどうなのだ？」

「だいたい一日単位で、神力百万ＰＴだね」

それを聞いた全員が唸った。現在すべての塔の神力の稼ぎを合わせれば、払えないコストではない。いままでの塔内部の設置に使っていたコストに比べれば、破格の運用コストともいえる。

「階層交換とかと比べると、非常に安い気がしますが、そのあたりの理由はわかっていますの？」

「この塔と、ほか六つの塔の位置関係を見ればわかるけど、魔法陣の維持自体はそもそもこの大陸に存在している力を使っているみたいだね」

「ああ、なるほど。塔で支払うコストはあくまでも、魔法陣を起動するためのコストなのね？」

珍しくミツキが口を挟んできた。ミツキも、これだけの巨大な魔法陣を維持しているシステムには、興味があったようだ。詳しく調べればわかるだろうが、各塔はセントラル大陸で重要な位置に建っている。地脈の交点であったり、そのほかさまざまなものが混じっているような、いわばパワースポットにあるのだ。そこに集まる力を利用して、魔法陣が維持されているのである。

「なにかそれだけ聞くと、この力、使っていいのか微妙な気がするんだけど？」

　そう言ったのはコレットだ。地脈の力を使って成長する世界樹を管理する一族の意見としては、ごく自然なものだった。

「いやいや。むしろ塔の役割としては、世界樹と同じようなものだからね？」

「え⁉　そうなの？」

「うん。それから世界各地にある聖地とかに建っている建物とも同じようなものだね。早い話が、百合之神社の大陸バージョン」

　考助の説明に、全員が納得したように頷いた。

　細かいことは考助もわからないが、各地にある塔が神力をコントロールするために建てられていると予想していた。それが、今回の機能の解放で裏付けられたことになる。その神力がどこに行っているのかといえば、それは当然アスラたち女神が管理しているのだろう。

「ここから先は推測だけど、この塔があることによって、いろんなものを発散させている意味もあるみたいだね」

「たとえば、どんなことだ？」

　興味を持ったフローリアが食いついてきた。

「もしなかったら、力をため込んでいって、最後には大きな暴発が起こったりする感じかな？」

それを聞いたメンバーが顔を青ざめさせた。

「……魔力暴走か」

「あれ？　なにか思い当たるの？」

「過去に何度か、それによって国が滅んだという話があるな。眉唾ものだが、ひとつの文明が滅んだという話もある」

それはすでに、暴発というより災害といったほうがいい規模だ。

「ああ、なるほどね」

そういった暴発が自然災害規模で起こればあり得る話なので、考助も納得した。

「ちなみに聞くけど、ここの六方陣がなかったらどれくらいの規模の暴発、というか災害が起こるの？」

「あ～。えっと。これも推測だけど、いい？」

念を押して考助が確認した。

そして、全員が頷くのを見てから、さらに念を押した。

「たぶん。たぶんだけど、いい？」

言い淀む考助に、シュレインが首を傾げた。

「なんだ？　それほどの規模なのかの？」

「うん。まあ、ね」

珍しいくらいに慎重になる考助に、全員が覚悟を決める。

「…………おそらくこの大陸が吹き飛ぶ、かな？」

考助の回答に、全員が押し黙った。せっかく決めた覚悟が、一瞬にしてしぼんでしまっていた。

「いやいや。そもそもこの六方陣があるから、そんなことは起きないから。大丈夫だから」

慌ててフォローするも、時すでに遅し。絶対にこの大陸の塔はいまのままで潰させない、と決意するメンバーたちであった。


セントラル大陸における塔の重要な役割が判明したわけだが、当然考助はそれをいじることは考えていない。塔の機能を使えば、この魔法陣も作り変えることは可能だということはわかっているが、そんなものにまで手を出すつもりはない。もっといえば、今回追加された機能でお腹いっぱいだったりする。

まずひとつが、皆に説明するために例にあげた結界を張る機能。これに関しては、塔の周辺に限ってなら、好きな場所、好きな大きさ、好きな時間に張ることができる。大きさに関しては、最大のものは大陸を囲える。そして、最小のものは人間ひとりを囲うくらいまで小さくできるが、それに関しては無駄なコストということになる。考助がすでに似たような効果を発揮する神具を作っていて、その神具のほうが運用コストが安上がりなのだ。

「ひとつ聞くけど、大陸を囲う結界って、どれくらいの期間張れるの？」

コレットが素朴な疑問を考助に出してきた。それに対する考助の回答もあっさりしたものだった。

「神力がある限り、いつまでも」

「ということは～。結界の維持ができる神力を塔が稼いでいれば、いつまでも張りっぱなしにできるんですか？」

「そういうことになるね」

考助も呆れたような表情になって説明している。

「ほかというか……同じものがほかの大陸にあったら、なにがなんでも塔を奪おうとするだろうな……」

ぽつりと感想を漏らす元王女《フローリア》。

「もしかしたらあるのかも知れませんわ。いままで、大陸全部の塔を攻略できる者がいなかったから気付かなかっただけで」

そもそも大陸すべての塔を攻略したのは、考助が初めてなのだ。こんな凶悪といっていいシステムが隠されているなんてことは、いままで誰も気付いていないはずだ。

「どうかな？　この大陸の塔は、あからさまにそういう位置に建っているけど、ほかの大陸の塔ってどうなの？」

考助の疑問に答えられる者は、いなかった。せいぜいフローリアが、自分がいた大陸の塔は違っていたとわかっているくらいだった。

「といっても、私もすべての塔を把握していたわけではないからな。きちんと探せば、そういった位置関係にある塔もあるのかも知れないな」

「なるほど」

セントラル大陸の塔は、数も位置もわかりやすいので、推測しようと思えばできただろう。ただ、塔の位置を正確に測った者がいなかったために、気付かれていなかった。かなりの高ランクパーティでないと塔の麓に到達できないので、わざわざすべての塔を調査するという酔狂者は出てこなかったのである。


「それで？　もうひとつの機能は、どんなものかの？」

なんとなく想像できるが、と付け加えてシュレインが考助に聞いた。

「まあ、想像通りだと思うけど、攻撃ができる機能だね」

それを聞いた全員の顔が、やっぱりといった表情になった。

「いちおう聞くけど、それもやっぱりいつでもどこでも可能なの？」

「そういうことだね」

ほかの大陸に存在する国家に所属している者が聞けば、涎を垂らして喜びそうな機能だった。もっとも、現状国家が存在しないセントラル大陸では、ほとんど使うことがない機能ともいえる。これも結界と同様に、大陸内のみで及ぼせる機能なのだ。

「怖いからあまり聞きたくないのですが、効果はどれくらいなのでしょう～」

「あー。うん。この大陸を沈めるくらい？　さっきの推測もこれをもとに話したから」

考助にしてみれば、この基準があったために、魔力暴走が起こった際の被害も推測できたのだ。魔力暴走を抑えることができる魔法陣が、それと同じ規模の被害を出せないはずがないのだ。さすがに二度目のことなので、前ほどは驚かなかった一同だが、それでも盛大なため息をついたのは、致し方のないことだろう。

「素朴な疑問なのだが、その威力で大陸を吹き飛ばした場合、塔はどうなるのかの？」

「ああ、うん。塔はそれくらいでは壊れないって。島みたいに周辺の陸地が残って、それぞれの塔が点在する感じになるみたい」

考助がなぜこんなことを話せるかというと、新しく追加された塔のメニューに、しっかりと書かれていたからだ。そんなことをわざわざ書いてあるメニューに、なんとなく作為を感じた考助だったが、わざわざそれに乗るつもりはない。大陸を破壊して喜ぶような精神は持っていないのだ。

現状において、攻撃系の機能は宝の持ち腐れになりそうだった。勿論、活躍できるような情勢になってほしいというわけでは、けしてない。さらにいうなら、この機能が活躍する前に、コウヒとミツキという二大巨頭が、周辺の環境にある程度配慮したうえで、しっかり片付けてくれるだろう。

「そもそもそれを考えると、全部の塔を攻略できる実力がある者が、この機能を持つ意味はあまりないともいえる気がするね」

考助の感想に、フローリアが異を唱えた。

「いや、そうでもないな。支配者が代替わりすることを考えれば、必ずしも塔の支配者が常に自身が強かったり、コウスケのように周りに強い者がいるとも限らないからな」

「そんなもんなの？」

「そんなものだ。そもそも現在攻略されている塔のほとんどは、代々受け継がれているようなものだぞ？」

フローリアの言葉に、コレットとシルヴィアも頷いている。

「なるほどね。それを考えると、この攻撃系の機能は喉から手が出るほど欲しいだろうねえ。特に国家は」

「そうですね～」

「まあ、この大陸はそんなこと考えなくてもいいし、ほかの大陸に関しては……考えなくてもいいか」

あっさりと答えた考助に、フローリアは首を傾げた。

「いいのか？　いま以上に勢力が広がれば、そろそろ他大陸の国家が出てきそうな気もするが？」

すでに、他大陸の影響力がほかよりも強い東西南北の街に、リラアマミヤの支部を出しているのだ。それを通してなにかしらの反応が出てきてもおかしくない。

「構わないよ。武力行使されるとなったら結界の出番もあるだろうけど、それ以外は特になにかするつもりはないよ」

貿易のような経済活動に関しては、考助がわざわざ口を出す必要はないと思っている。勿論実際の武力を使わずに、ただの経済活動だと思っていても、それがすでに攻撃になったりするという認識は考助にもある。ただ、それらに関しては、クラウンや行政府で十分対処可能だと考えているのだ。今後のためにも、それくらいは対処してもらわないと困る。

セントラル大陸には国家がないため、正式な軍というものも存在していない。そのため他大陸の国家が、明確な意思を持って攻め込んできたらひとたまりもない。そういった場合には、結界が非常に役に立つだろう。なにしろ海を越えるには、絶対に船を使うのだから。いざというときのために、結界の存在は、アレクに伝えてもいいと考助は思っている。

「しかし……外部がちょっかいを出してきそうなときに、こういう機能が出てくるというのは、偶然かの？」

シュレインの言葉に、考助も少しだけ首を傾げた。

「まあ、卵が先か鶏が先か、という話と同じだよね」

塔が発展したからこそ、こういった機能が追加され、外部に対する影響力も大きくなっているのだ。どちらが先ということは、考えるだけ時間の無駄だろう。誰かの作為的な意図があれば別だが、それはあり得ない。あり得るとすれば、女神たちくらいだろうが、彼女たちがそんなことはしないということを、考助は確信している。

そもそもそんなことが気軽にできるのなら、神域に行った考助に対して、あそこまで繋がりを持とうとは思わないだろう。そういうことから、誰かの作為が働いているとは、まったく考えていない考助であった。

（二）最初の目的と黒狼の進化

今回追加された機能だが、さすがにお手軽に実験するわけにはいかない。いままでのように、塔内部だけで完結するものであれば、特に問題ないのだが、今回は完全に塔の外に効果が現れるものになる。不用意に実行すると余計な事態を招きかねないということで、実験するのは控えることにした。

結界くらいは、塔周辺に張ったうえでどれくらいの強度なのかを見てもいいかも知れないが、現状そんなことをする必要性がない。もし使うことがあるとすれば、他大陸から宣戦布告をされた場合に、近付く船を入らせないようにするくらいだ。あるいは、ほかの大陸の塔に同じようなことができる兵器があれば、活躍するような場面も出てくるだろうが、残念ながら（？）それはあり得ないというのが、フローリアの弁だった。

そんな機能が使えるのであれば、過去起こった戦争で使われないはずもなく、しかし、フローリアはそういった話はまったく聞いたことがない。勿論フローリアとて、全大陸の歴史を知っているわけではないが、少なくとも王女として生活していた自国がある大陸では、噂話にすら上ったことがない。他大陸でそのようなことが起これば、間違いなく伝わってきているだろう。なにしろ国家のあり方を変えるような、パワーバランスを崩す代物なのだ。そういう理由で、今回追加されたチート機能は、いざというとき以外は使用しないと決まったのである。

いつもの日常に戻った管理層で、考助がハクに問いかけた。

「そういえばハク」

「なあに？」

「塔ＬＶ四になったみたいだけど、なにか変わった？」

いまさらながら、北西の塔のレベルアップについてハクへ確認をする考助。いままでいろいろありすぎて、後回しになっていたのだ。

「ううん。特に変わらない。あ、少しだけ進化している個体が増えたかな？」

ハクが管理しているのは北西の塔だが、管理を始めるのが出遅れているため、塔ＬＶが上がるのが最後だった。考助としては、その辺は特に気にしていないのだが、メンバーたちの間では、なんとなく競争するような雰囲気になっている。

とはいっても、話のネタになるだけの段階なので、考助もそのままにしている。さすがにそれがもとで雰囲気が悪くなるようであれば、その前に止めるつもりでいる。

そんな考助の考えがわかっているのか、もともとそんなことをするメンバーではないのか、おかしな雰囲気にはなっていない。四属性の塔と聖魔の塔では、そもそも規模が違うために成長の仕方が違っている。規模が違う者同士で比べても仕方がないという雰囲気もある。

「なるほどね。それ以外になにか変わったことは？」

「うーん。特にないかな？」

「了解。わかったよ。ありがとう」

すべての塔がＬＶ四を超えたために、中級魔物を召喚できるようになった。お陰で神力の入り方は、以前とは段違いになっている。

最近塔ＬＶ四になったばかりの北西の塔以外では、すでに設置している召喚陣は中級のものに置き替わっている。世界樹とヴァミリニア城がある聖魔の塔は勿論、ほかの三つの塔もすでに僅かではあるが、神力は黒字になっている。北西の塔も中級の召喚陣が設置できるようになったので、すべての塔が黒字経営になるのも時間の問題だろう。ただし、現状その神力の使い道が見当たらない。

塔の管理を始めた当初からすれば、ぜいたくな悩みなのだが、事実である以上どうしようもない。いままでひたすらに召喚獣たちの成長を促してきたのだが、それ以外の方向性を見つけないと、新しい展開も起きないと考助は考えている。だからといって、そうそう簡単に新しい方向性など見つかるはずもなく、考助の悩みの種のひとつとなっていた。勿論塔の管理の仕方について考えているのは考助だけではなく、ほかのメンバーも同じだが、すぐに上手い考えなど出てくるはずもない。結果として、いままでと同じように、召喚獣たちに頼った方向で、いろいろ模索しているのが現状だった。

「あら？　またなにか悩んでいるの？」

悩める考助に近付いてきたのは、コレットだった。

「ああ、コレット。まあね。ナナとかワンリの進化も終着点みたいだから、アマミヤの塔でできることが見つからなくてね」

「ほかの眷属たちは？」

「それは勿論、進化してくれればそれに越したことはないけれど、別段急いで進化してもらう必要もないかな、と」

考助の言い分に、コレットも納得したように頷いた。

「それは、確かにそうね。もう神力も慌てて稼ぐ必要もないみたいだしね」

「そうなんだよね～」

そう言った考助は、ぱたりとソファの上に寝っ転がった。いまの考助は、目的と目標を見失っている。それを見かねたコウヒが、珍しく口を挟んできた。

「考助様。そもそもこの塔を攻略した目的を見失ってはいませんか？」

そもそも考助がアマミヤの塔を攻略したのは、安全な拠点を手に入れるためだった。そういう意味では、すでに拠点は確保されているといっていい。考えてみれば、コレットやシルヴィア、フローリアも似たような状況で管理層へ来ている。

「なるほどね。確かにいままでいろいろやってきたけど、無理になにかしようとしなくてもいいのか」

考助にしてみれば、いままでいろいろ試して上手くいったため、順調すぎるほど順調にきていた。その流れで、この先もなにかをやっていかなくてはならないと考えていたのだが、別にそんなことはないのだ。

「私たちには、塔ＬＶ十にするという目標もあるけれど、それ以上ってあるのかな？」

コレットの言葉に、考助も首を傾げた。

「さあ、どうかな？　塔ＬＶ十の条件が神になることだからなあ。ちょっとそれ以上って思い付かないな」

「やっぱり、そうよね。だったら特になにも考えずに、のんびりやってもいいんじゃないかな？」

アマミヤの塔が塔ＬＶ十になったのも、意図せずに考助が現人神になれたからこそなのだ。それ以上のＬＶがあるかどうかはわからないが、狙ってできるような条件だとは思えない。

「……それもそうか。これからは、のんびりやっていくことにするよ」

「まあ、そんなことを言っていても、いろいろやらかすのがコウスケだと思うけど」

コレットは、そんなことを言って考助を茶化した。

「ウワッ、ひどっ。でも、否定できないところがつらいな」

「おお。自覚が出てきただけ、いままでより一歩前進しているわね」

落ち込む考助に、さらに追い打ちをかけるコレット。勿論、からかって楽しんでいるだけなのはわかっているので、考助もさほど本気で落ち込んでいるわけではない。

「あー。はいはい。僕が悪うゴザンした」

コレットと話しているうちに、なんとなく眠気を感じてきた考助は目を閉じた。それを見たコレットが、少し慌てた様子で考助に近付いてきた。

「あ、ごめん。言いすぎた？」

「んあ？　いや、違う違う。ゴメン、なんとなく眠くなってきたから」

目を閉じたままそう言う考助に、コレットはホッとため息をついた。

「そう。このまま少し寝てしまったら？　夕食までまだ時間あるし」

「うん……。そうさせてもらうかな？」

考助はそう言って、そのまま静かに眠ってしまった。これを見たコレットは、考助が寝ている傍に静かに腰かけるのであった。


管理層に来たナナに促されて、考助は第八十一層へ行くことになった。通訳のコレット曰く、称号持ちが増えたらしい。称号の確認と、新しい種族が増えているかどうかを確認するため……という名目のもと、久しぶりに狼と戯れるためでもある。管理層で籠もりっきりになっていると、どうしても行き詰まってしまうことがあるので、気分転換も兼ねている。それをコレットに言ったところ、「いつも気分転換ばかりしていると思うけど？」と言われたが、考助は聞こえなかったふりをした。

そのコレットも、考助と一緒についてきている。こちらは、通訳という理由を付けて、考助といちゃラブするためだ。ちなみにコウヒもついてきているが、コウヒはそれについてはまったく関知していない。コウヒにしろミツキにしろ、どちらかは必ず考助の傍にいるが、ほかのメンバーとくっついていてもまったく気にしたそぶりを見せない。考助にとってはなんとも都合のいい話なのだが、深く追及すると怖い返答がきそうなので、聞いたことはない。というわけで、この三人＋ナナで、第八十一層へと向かったのであった。


目の前で起こっていることにため息をつきつつ、コレットが呟いた。

「……相変わらずの懐かれっぷりね」

コレットにとっては、もはや見慣れた光景が繰り広げられていた。考助が第八十一層の狼に囲まれて襲撃されているのだ。攻撃の名前は、舌でペロペロ攻撃である。顔やら首すじやら、場所を構わず個体を問わず、考助が狼からペロペロとされていた。

それを見ているコレットは、若干遠い目をしてあたりの風景を眺めていた。さすがにもう見慣れているとはいえ、やはり常識外の光景であることは間違いないのである。ちなみに、ナナはそれに交ざらず離れた場所で見ている。管理層で会ったときにすでに甘えているので、いまのところは満足しているようだった。

それがわかっているのか、ほかの狼たちもいつもより遠慮がなくなっている。考助としても、ただ舐められているだけではなく、ついでにステータスチェックをしていた。一通りの挨拶は終わったようで、その癒しタイムが終わったときには、すべての個体のチェックが終わっていた。

ナナが伝えてきた通り、称号持ちは増えていた。その称号も《～神の～》といったものばかりで、女神たちも本当に自重しなくなったようだった。

もらっても問題なさそうなので、考助はありがたくいただくことにした。どういう基準で付けられているのかはわからないが、神の名が付いた称号持ちになると、明らかにスキルの能力が上がるので、この階層で狩りをするときには大いに役立つだろう。残念ながら、称号が付いたことによる新しい種族への進化はなかった。

ただし、以前に考助が期待した通り、【白狼神】へ進化した個体が二体出ていた。スキル構成でのナナとの違いは、《月神の加護》がない代わりに別の神の加護が付いていた。あとは《月光》のスキルがないくらいで、ほかに関しては同じ構成になっている。

気になるのは、一緒に連れてきていた黒狼にまったく変化が見られないことだ。神の名の称号が付いているのに、進化していないのが数頭いた。神の名が入っている称号が付けば進化できるという予想は、外れてしまったことになる。

「うーん……どういうことなんだろうな？」

黒狼たちを前に、考助は首を捻っていた。

「普通に進化しない種族なんじゃないの？」

「うーん。いや、そうなのかも知れないけど、なんとなくそれはない気がするんだよねえ……？」

ただの気のせいとするには、あまりにも強い感覚なので、無視できない気がするのだ。

「それって、現人神としての感覚なんじゃないの？」

「そうなのかな？　よくわからないや。まあ、でも確かに前はこんなこと感じなかったな」

称号を持っている黒狼をじっと見ていると、進化しないという考えに違和感を覚えている。初めてのその感覚に、考助もよくわからず首を捻った。ついでに、目の前にいる黒狼も首を傾げたのだが、これは単に考助の真似をしただけだ。その仕草が可愛くて、考助はついその頭を撫でてしまう。頭を撫でられた黒狼も嬉しそうにすり寄ってきた。

考助に頭を撫でられたからといって、進化するわけでもなく、単に撫でるだけで終わったのだが。ちなみに妖精石と同じように、神力を込めてみたりもしたが、特に変化は起こらなかった。

「さすがにそうそう都合よくはいかないか」

一通り試してみて、特に変化がなかったために、苦笑した考助であった。

◆

黒狼が進化しないことは気になるが、考えてもわからない以上どうしようもない。アマミヤの塔の制御盤の前で、進化の助けになりそうなものがないかと探したが、ピンとくるものはなかった。思い出せそうで思い出せないような、モヤモヤとした感覚になっているので、なんとかならないかと思っているのだが、どうしようもなかった。

「黒狼……黒狼……。ブラックウルフ……ブルフ……って、なにを考えているんだ」

考助は、自分でもよくわからない思考になったところで、考えるのをやめた。そんなことをやっていると、不思議そうな顔をしてシルヴィアが近付いてきた。

「どうしました？」

「ああ、いや。ちょっとね……」

そう前置きをしたあとで、先ほどの件をシルヴィアに話した。ちなみに、コレットは近くにはいない。南の塔の管理をしているのだ。

シルヴィアは、考助の話を意外にも真剣に聞いていた。コレットが冗談交じりに言った「現人神としての感覚」というのが、本当にそうではないかと疑っている。それは単に当てずっぽうではなく、考助の巫女としての感覚だった。話を聞いた瞬間に、なんとなくだが、考助の現人神としての力の一部として感じたのだ。

「そうですか……」

そう言って黙り込んだシルヴィアに、逆に考助が慌てた。

「いや、そこまで考え込むことじゃないと思うけど？」

首を傾げた考助に、シルヴィアは自分が感じている感覚のことを話した。

「巫女ってそんなことを感じられるの……？」

「当然です。というより、それが巫女の役割ですわ」

そもそも考助の現人神としての権能のひとつは、ステータスの確認なのだが、それ以外はまったくわかっていない。神威召喚と神域への送還は、現人神への条件となっていたが、神の権能といわれると微妙な扱いだった。権能がひとつしかない神は、別に珍しくないのだが、考助がそれに当てはまるかというと、シルヴィアは以前から違うと感じていたのだ。そうした神の力を感じ取るのは、巫女としての役割のひとつである。

「ふーん。そうなんだ」

「ただ、ステータス以外の権能も感じますが、それがなにかまでは、残念ながらわかりませんわ」

「そうか。それじゃあ、仕方ないかな？」

「いえ。ひとつだけヒントになりそうなことはありますわ」

シルヴィアの意外な言葉に、考助は目を丸くした。

「え？　ほんとに？」

「本当です」

「それって、なに？」

「ピーチの占いですわ」

シルヴィアの答えに、考助は再び目を丸くした。


シルヴィアの言葉に触発されて、考助は早速ピーチに話をした。

「無理。無理、無理ですよ～。占いなら私ではなく、ほかの人に頼んだほうが……」

シルヴィアが占いをしてほしいと頼むと、ピーチが逃げ腰でそう答えた。それも無理はない。神を対象にした占いなど、通常できるはずがないのだ。

ところが、シルヴィアは首を左右に振って、ピーチの言葉を否定した。

「そんなことはありませんわ。むしろ、ピーチだからこそ適任なんです」

「どういうこと？」

ふたりの様子を見ていた考助が、疑問を投げかけた。

「ピーチには、コウスケ様の巫女としての資格がありますわ。だからこそ、コウスケ様の占いをする資格があるのです」

普通に考えれば、神を対象に占いをするなどできるはずもない。だが、それが巫女であるならば、話は別だということだ。

「巫女？　そうなの？」

初めて聞く話に、考助はピーチを見た。

「そうみたいです～。……はあ。とりあえずシルヴィアの言いたいことはわかりました。占ってみますね。ただ、当たるかは保証しませんよ？」

これから占いを行う者が言う台詞ではないと思ったのだが、賢明にも考助は黙っていた。ここで考助が余計なことを言うと、ピーチがへそを曲げてしまうと感じたのだ。

渋々といった感じで、ピーチは占いの道具を取りに自室へ戻った。

（三）ピーチの占い

考助の前で、ピーチが真剣な表情をしてテーブルを見ていた。ピーチの視線の先にはカードが数枚置かれている。占いには疎い考助でも知っているカード占いだ。ただし、占っているピーチの表情は硬い。

考助が見ても、これは上手くいかないとわかるくらい緊張が伝わってきたため、つい我慢できなくて声をかけてしまった。

「えーと、ピーチ？　そんなに緊張していたら、当たるものも当たらなくなると思うけど？」

「む、無理です～」

いっぱいいっぱいです、といった感じのピーチの返事に、考助は傍にいるシルヴィアを見た。シルヴィアも困惑の表情を浮かべている。たまにだが、考助を除くメンバーたちは、ピーチに占ってもらうことがあった。さすがにサキュバス一族らしく、よく当たると評判だったのだ。そのときのピーチといまのピーチは、まったく様子が違っている。

「ピーチ、そこまで緊張しなくてもいいのでは？」

「コ、コウスケさんからの威圧が強くて、無理です～」

「い、威圧……!?」

まったくの無自覚だった考助が、驚いた表情で首を傾げた。ついでに、シルヴィアも同じように不思議な表情をしている。すぐ傍にいるシルヴィアも、そんなものは感じていないからだ。

「いざ占おうとすると、コウスケさんからこう、圧力みたいなのを感じて……」

そう説明しているピーチも、自身が感じている感覚を上手く表現できないようだった。それを聞いたシルヴィアは、以前自分も同じように感じたのを思い出した。それは、初めて考助から神託を受けたときのことだ。

「ピーチ、それはコウスケ様の現人神としての神力ですわ。抗おうとしないで受け入れてください。巫女として修行されたあなたならできるはずです」

正確には、考助に認められている必要もあるのだが、それに関しては説明は省いた。

「受け入れる、ですか～。…………あ」

シルヴィアの言葉を聞いたピーチがそっと目を閉じると、すぐにため息のような声が漏れた。次いで目を開いたピーチは、先ほどまでの緊張はほぐれていた。そうしてジッとテーブルの上に置かれたカードを見詰めた。


ピーチがカードから読み取ることができたのは、具体的な内容ではなく先を示すようなものだった。

「新しく力を得るのではなく、もとの力が伸びるとか発展するように見えます～」

「もとの力？　ステータス表示のこと？」

「う～ん。そこがいまいちはっきりしないんですよね～。外れてはいないけれど、もっと根本の力のような感じで」

ピーチも答えを出しながら首を傾げていた。

「もっと根本の力ねえ」

言われた考助も首を傾げていた。

助け舟を出したのは、横で聞いていたコウヒだった。

「神の左目のことでは？」

「あ！　ああ、そうか。そういうことか」

そもそもステータス表示は《神の左目》の力を使って発現している。だが、ステータス表示イコール《神の左目》というわけではない。《神の左目》で得た情報を、わかりやすく表示しているのがステータス表示だと、考助は考えていた。それは、初めて《神の左目》の力をこの世界で発現したときの経験に基づいているものだ。

「ということは、ステータス表示以外にもなにか見られるようになるのかな？」

これにはピーチも首を傾げた。

「うーん、どうなんでしょう～？　そこはよくわかりませんねえ」

「そっか。それは残念」

ピーチの曖昧な回答に、考助も特に深く突っ込まずにやめておいた。変に情報を与えても駄目だと思ったからだ。

「ほかにはなにかわかりましたか？」

首を傾げているピーチに、シルヴィアが先を促した。

「そうですね～。それができるようになるのは、もう少し先のことで、いますぐには無理みたいです。まだ条件があると出ていますね」

「条件、ね」

それがなにかは具体的には聞かない。ピーチの答えから、そんなことまで出ている様子には見えなかったからだ。案の定、ピーチもそう話を続けた。

「すみません～。その条件がなんであるかまではわかりませんでした。ただ、その条件を得るのも、そう遠くない将来らしいです」

「へえ。遠くない将来ね」

なんとも占いらしい回答に、考助は頷きを返した。

「近いうちに、なにか変わったことをする予定はありませんでしたか？」

ピーチからの唐突な質問に、考助は面を食らったような表情になった。

「へ？　いや、特にはなにもないはずだけど？」

「そうですか～。そのときになにかがあると出ているんですが」

ピーチとふたりで首を傾げるが、変わったことというのがなにか、まるでわからない。そんな考助に、再びコウヒが助け舟を出した。

「確か、そろそろ神域に行くはずでは？」

神域へ定期的に顔を出すと約束していたのだが、その時期がそろそろやってくる。考助にしてみれば、すでに三度目の訪問になるので、変わったことという意識がなかった。だが、一般的に考えれば、どう考えても神域訪問は、十分に変わったことといえる。

「もう行くのですか～。では、それのことですね」

コウヒの言葉に、ピーチも頷いた。ピーチは、考助が定期的に神域に行くことは知っていたが、いつ行くのかまでは知らなかった。ピーチの感覚からすれば、前回の訪問からまださほど間が空いていないので、まだ先の話だと思っていたのだ。

「それで？　コウスケ様は、そこで新しい力を得られるのですか？」

シルヴィアの質問に、ピーチは首を振った。

「いきなり得るわけではなく、一歩進むとかヒントを得るとか、そんな感じですね～」

「きっかけを得る感じですか？」

「そうそう、そんな感じです～。それまでは、特に大きな前進もないようです」

前進もなにも、雲を掴むような話だが、占いに頼っているのだからそれは仕方がないだろう。むしろ、先ほどのような具体的な話が出てきただけでも上出来だった。もっとも、神域に行くことで先に進むことになるかどうかは、わからないのだが。

「うーん。まあ、わかったような、わかっていないような。とりあえず、次に神域に行ってみたときに、なにかあるということかな？」

「そうなりますね～」

考助が神域に行くたびに、といっても送還ではまだ二回しか行っていないのだが、なにかしらことを起こして帰ってくるので、今回はできればなにも起こしたくないと思っていたのだが、そうはいかないらしい。今回くらいは、女神様と触れ合うくらいだけで終わるかな、と考えていた考助は、思わずため息をつくのであった。


「占ってみてどうでしたか?」

考助と別れたあと、シルヴィアがピーチにそう聞いた。

「できればもうやりたくないです～」

ピーチはそう言って、ぐったりとした様子を見せた。

「大丈夫ですわ。何度もやっていくうちに、慣れていきます。そもそも占いができただけでも、十分資格があるということですわ」

現人神である考助を、通常の占い師が占えるはずがない。本来は、神である考助を占うことは、同じ神しかできない。もしできる者がいるとすれば、今回のピーチのように考助に認められた者だけだ。

「また占うことはあるんですかね～?」

「さあ、どうでしょう? それこそ神のみぞ知る、といったところではないですか?」

シルヴィアの答えに、ふたりは揃って笑うのであった。

ピーチの占いでは、新しい力というよりも、いまある力が伸びるという話だったが、結局、神域への定期訪問までは、そのことに関してはわからなかった。

あのあともいろいろな場所で確認したが、結局第八十一層にいる黒狼の一部だけにしか感じなかった。そうこうしているうちに、神域への定期訪問の時期がきたので、アスラの前に現れた考助は、早速そのことを聞いてみた。


「それは、私にもわからないわ」

「え？　あれ？　そうなの？」

いきなり梯子を外された気になった考助だったが、これは考助が悪い。そもそもピーチの占いでは、神域に行けばなにかがあるという結果が出ただけで、アスラから答えを得られるというものではなかった。

「いくらなんでも、私もすべてを見通すわけではないわよ？」

「え？　あれ？　そうなの？」

まったく同じ答えを返したが、これはわざとだ。

「そうなのよ。私だって、できることとできないことがあるわ。勿論、知っていることと知らないこともね。特に考助のことになると、途端にわからなくなるのよ」

「えー？　それっていいことなのか悪いことなのか、微妙なところだな」

「いいことなんじゃない？　一から十まで全部を教えてもらったら、つまらないじゃない？」

「まあ、そうなんだけれどね。……あ、いや待って。それって僕だけなんだよね？」

考助の問いに、アスラはひょいっと視線をそらした。

「まあ、そういうことになるわね。聞かれる前に答えるけど、あなたの魂が異世界から来ているせいだからね？」

「そうなの？」

「そうなのよ。最初からこちらの世界の魂であれば、私はだいたいの答えを用意することができる。けれど、あなただけは別なのよ」

アスラは、考助に対して真剣な表情をしてそう言った。

それを聞いた考助の感想は、「ふーん」というものだった。アスラにとって自分だけが特別な存在というのが、実感として湧かなかったのだ。勿論、こんなことは初めてなので、アスラにとっては非常に大きなことなのだが、残念ながら考助には伝わらなかった。

「まあ、それはともかくとして、ピーチの占いのこともあるから、しばらくのんびりしていったら？」

「うーん。そうしたいのはやまやまなんだけど、さっさと帰ってこいって言われていてね」

「あら。それは残念ね」

そんなことを言っているアスラも忙しい身なので、考助が長期間滞在したからといって、ずっと一緒にいられるわけではない。

「まあ、いつまでいるにせよ、できる限りあの娘たちの対応をしてくれればいいわ」

そもそも考助が定期的に神域に来るようになったのは、女神たちと顔合わせをするためだ。当然今回の訪問でも、すでに予定が組まれている。到着して早々エリスからスケジュールを渡されたときは、覚悟をしていた考助も苦笑するしかなかった。まあ、以前のように過密スケジュールではなかったのは、唯一の救いだった。考助が定期訪問を約束したので、以前のような無茶なことにはなっていないので、余裕を持たせられたのである。


「こ～う～す～け～」

本日唯一のイベントだった夕食会を終わらせた考助が、用意された部屋で寛いでいると、突然恨みがましい声で名前を呼ぶジャルの訪問を受けた。彼女の後ろには、苦笑したエリスとスピカがいた。

「じゃ、ジャル……!? どうしたの？」

「どうしたの、じゃないわよ！」

「わっ……!?」

「あなたのせいで、最近まったく暇がないのよ！」

いきり立つジャルに、考助は戸惑った表情を浮かべ、エリスを見た。

「気にしないでください。ただの戯言です」

「ははは。まあ、冗談かどうかはともかく、ジャルの言いがかりであることは確かだな」

容赦ないエリスとスピカの言い分に、ジャルは肩を落とし、考助はますます困惑した。

「気にするな。単に考助の一言で、ジャルの仕事が大幅に増えただけだ」

「一言？　なにか言ったっけ？」

「言ったわよ！　遠慮しなくていい、って言ったわよ！」

考助はしばらく首を傾げていたが、まったく思い当たらなかった。

「ごめん、なんのこと？」

「ですから気にしないでください。召喚獣たちの称号に関して、です」

「……ん？　……ああ！　そういえば、そんなことも言ったね。あれから確かに称号持ちが増えたけど、やっぱり影響あったんだ？」

「ありまくりよ！　……モガモガ」

ジャルがさらに続けようとしたところで、スピカに口を塞がれた。

「はいはい。そこまでにしようか。そろそろやめておかないと、エリス姉様の雷が落ちるぞ？」

スピカの脅しに、ジャルがピタリと止まった。視線だけで恐る恐るエリスを見たジャルが、一瞬だけブルリと震えた。このときエリスは笑顔を浮かべていたのだが、その笑顔はよくないものだというのは、経験上よくわかっている。ジャルを見たエリスはひとつため息をついて、考助に向かって言った。

「というわけで、あまり気にしないでください。考助様の眷属たちに自分の称号を付けようとするための書類審査が増えただけです」

「へー。書類審査なんてやっているんだ？」

「ええ。そのほとんどが落ちていますがね」

この答えに、考助は頬を引きつらせた。

「……結構、称号持ち増えてきたと思うけど？」

「実際に称号が付いているのは、来ている書類の一パーセントにも満たないわよ？」

スピカの拘束から解放されたジャルが、ジト目で考助を見た。

「マジですか……⁉」

「マジですよ？」

「ですから、考助様。もう一度言いますが、あまり気にしないでください。書類審査が増えたといっても、最近は部下も使うようになって、空き時間もできているようなので」

「ああ、うん。そっちはいいんだけど……」

「いいの⁉」

「そんなに称号持ちが増えていいのかな？」

「スルーされた⁉」

なにやら喚いているジャルを綺麗に無視した考助は、エリスに聞いた。

「特に問題ありません。そもそも加護などに関しては、条件を満たさなければダメなもので、数が多すぎる場合も、その条件に弾かれます」

「ああ、なるほど。数が増えすぎた場合は称号持ちも増えなくなるということ？」

「そうなりますね」

エリスの説明に頷きかけた考助だったが、先ほどのエリスの言葉で気になるところがあった。

「ん？　条件？」

「はい。神の力をあちらの世界に及ぼすには、いろいろな条件が……」

「あ、いや。称号のことじゃなくって……いや、称号にも関わるのかな？」

首を傾げた考助に、エリスもわけがわからず首を傾げた。

「なんのことでしょう？」

考助は、三人の女神に今回の目的のひとつであるピーチの占いのことを話した。

「なるほど、そういうことですか。そういうことでしたら、ジャルの専門ですが……」

「無理!!　そもそもアスラ様がわからないのに、私にわかるわけがない！」

きっぱりとした返事に、考助も苦笑するしかなかった。

考助はアスラの屋敷にある部屋で悩んでいた。

「うーん。結局、今日はなにもわからなかったか」

いま考助がいる部屋は、初めてアースガルドへ向かう前、この屋敷に滞在していたときに使っていた部屋だ。前の宿泊のときもこの部屋だったのだが、そのときにエリスから、考助が神域に来た際はこの部屋を使うように言われていた。

神域は、昼夜がきちんと存在していて、すでに外は夜になっている。なぜ昼夜があるかというと、アースガルドと違う感覚にならないようにという理由らしい。あとは、夜もきちんと楽しみたいというアスラの個人的趣味も入っているのだが、それを知っている者は少ない。そんな夜の風景を眺めながら、考助は新しい力に関して考えていたのだが、さっぱりわからない。

今回は、ピーチの占いに出ていたきっかけが掴めるまでは、滞在するつもりでいた。とはいえ、いつまでもだらだらと過ごすつもりもない。

「あー。駄目だ。考えてもよくわからないや。……散歩にでも行くか」

部屋でじっとしていても煮詰まるだけだと思ったので、考助はそんなことを考えていた。口に出してみるとなんとなくいい考えに思えたので、実際に行動に移すことにした。

前回、前々回と送還陣で来たときは、考助がこうして落ち着いて神域を散策することはなかった。

アースガルドに向かう前は、結構自由にぶらぶらしていたが、あのとき、ほかの女神たちに会わなかったのは、あとで考えると不思議だった。勿論、アスラとエリスがふいに出会わないように、裏で動いていたのだが。といっても物理的にどうこうするわけではなく、この範囲には入ってこないでねと女神たちに言っていただけだ。そういったことに関しては、考助が来る前から結構頻繁にあったので、疑われることはなかったのだ。

今回は、すでに定期訪問が約束されていることもあって、ぶらついている考助に突撃してくる女神はいない。そのことをエリスから聞いていたので、考助もこうしてのんびりと散策を楽しんでいるのだ。塔にいるときは、ほとんど管理層に籠もっていて、こうして自然を楽しむなんて、眷属たちの様子を見にいくときくらいだ。

それもあって、なんとなく楽しい気分になってきた。その気分のまま調子に乗って、どんどん歩いていく。そして、気付いたときには遅かった。

「……あれ？　ここどこ？」

いままで林の中を歩いていたのだが、屋敷のある方向がまったくわからなくなってしまった。

「げげ、まずい、かな？」

なんとなくやばい気もしたが、そもそも自分の足で歩ける範囲など知れているだろうと楽観的に考えることにした。ちなみに、こんなにのんびりできるのも、神域には魔物が出ないことがわかっているからだ。魔物が出るのであれば、散歩しようなどとは考えもしなかっただろう。

さらに慌てていない最大の理由が、ジャルとの交神具を持ってきているからだった。神域の中でも問題なく使えることは、すでにわかっている。交神具が最終手段として残っているので、さほど心配はしていない。

「うーむ……さんざん歩いたつもりだけど、現在位置がまったくわからない」

地図を見られるチートとかあればなあ、とか余計なことを考えつつ歩き続けるが、知っているような場所に出る気配はまったくしなかった。

さらに歩くこと数十分。

突然、開けた場所に出た。ただし、林がなくなったわけではない。その場所だけなにかに遮られたように、木々が生えていないのだ。その形は円形状で、大きさはちょっと広めのグラウンドくらいだ。林の中を歩いてきた考助にとっては、木がなくなって直接月明かりに照らされているその場所は、非常に明るく感じられた。

せっかくなので、中央まで歩いていくことにした。中心に近付くにつれて、その場所の中央に考助が一抱えできるくらいの大きさの岩があることに気付いた。

気になった考助は、そのままその岩に近付く。ある程度近付いてくれば、その予感も確信に変わってきていた。そして、その岩に手を触れてみた。

……だが、なにも起こらなかった。

「……あれ？　おかしいな。絶対なにかあると思ったんだけど？」

触るだけではなく、撫でてみたりもしたのだが、特になにも起こらない。しばらくの間、ぐりぐりとその岩をいじっていたが、特になにも起きなかった。

「うーん？　よくわからないや。とりあえず疲れたから少し休ませてもらおう」

そう呟いたあと、その岩を背にして座り込んだ。歩いている間はさほど感じなかったのだが、かなりの時間歩き続けていたので、それなりに疲労していた。そんなつもりはなかったのだが、知らないうちに目を閉じて、そのまま寝入ってしまった。

いつの間にか一面真っ白な世界に来ていた。
そこにいるのは考助ひとり……というわけではなく、目の前には百科事典ほどの大きさの本が浮いていた。
〘初めまして〙
突然目の前の本が話しかけてきた。音が耳から入ってくるのではなく、頭の中に直接響いてきた。
「えーと？　初めまして？　考助です」
〘知っている。私は《……》〙
「え？　なんですって？」
〘残念ながら、まだお主には、私の名前を聞く資格がないようだ〙
目の前の本は、そんなことを言った。

「そうですか。……うーん、でもなんとなく想像できるのですが？」
〘ほう。ではその名前を言ってみよ〙
「では、失礼して……ワールドレコード」
考助がその名前を呼んだ瞬間、目の前の本が光を発して、パラパラとページがめくられていった。
それは、あるページまで進んで止まった。
〘それは、我を表す名のひとつ。それがすべてではない。だが、我のすべてを理解できる者がいないこともまた事実だ〙
「あー。要するに僕では理解できない存在、ということでしょうか？」
〘どうであろうな？　あるいは長い長い思索の果てにたどり着くこともできるやも知れぬ〙
「なるほど。ところで、僕をここにお呼びになったのはあなたですか？」
〘我は呼んでおらぬよ。そなたが我のところに来たのだ〙
「あれ？　そうだったんですか？　それはお騒がせしました」
〘構わぬ。たまにはこうして他者と会話するのも悪くはない〙
本の形をしているだけに、表情といったものはわからないが、その声の調子から怒っている様子は感じられなかったので、考助はホッとした。
〘それで？　そなたは我に聞きたいことがあるのではないのか？〙
「あ、やはりお見通しでしたか。でもやめておきます」
〘ほう。それはなぜだ？　我はすべてを知っている存在。聞かれれば答えは出てくるぞ？〙

「だから、ですよ」
〘我に聞くのも、あの女神に聞くのも違いはないのではないか?〙
「いや、なんとなくですが、あなたの場合はそれこそ次元が違う気がして……上手く言葉にできません」
〘そうか〙
短い返事だったが、それはなんとなく楽しそうな感じを受けた。
〘その感覚を大事にするがいい。ではそろそろ行くがよい〙
目の前の本がそう言うと、先ほどと同じように光を発した。先ほどと違うのは、その光が考助自身を包んでいたことだった。その光が消えたときには、すでに考助はその場所からいなくなっていた。

◆

意識が浮上する感覚が全身を包んだ。なんとなくだが、いままで肉体と魂が切り離されていたんだということを理解した。体の欲求に応えて、考助はそのまま目を覚ますことにする。目を開けると、そこは腰を下ろしたはずの岩の傍ではなく、きちんとベッドの上に寝かされていた。視界に入ってきた天井を見て、その部屋がアスラの屋敷の自分の部屋だとわかった。ふと視線を横にずらすとエリスがいたのだが、なぜかその表情は驚きを示していた。

「エリス？　どうかした？」

「ああ、いえ。……少し驚いてしまって……。いえ、その前にあまり心配させないでください」

一瞬口籠もったエリスだったが、すぐに気を取り直して小言を言った。状況を見る限り、あの岩の傍で寝入ってしまったあと、こちらに連れてこられたのだろう。

「いや、ゴメン。歩き疲れたから少し眠ってしまった……んだけ、ど？」

言い訳をしようとした考助が、自分の体の調子とエリスの様子を見て、なにやらおかしな空気に気付いた。

「……ええと？　もしかして、結構寝ちゃってた？」

「あなたがこの屋敷を出ていってから約一日半経っていますね」

「……マジ？」

「はい。あなたの体はすぐに見つけたのですが、そのときには魂が入っていませんでした。戻ってきたのはつい先ほどです」

エリスのその言葉で、考助は魂だけであの世界に行っていたことを察した。

「はー。なるほどね。それで？　驚いていたのはなんで？」

目を開けた瞬間、考助はエリスが驚いていた気がしたのだ。

その質問に、エリスは虚を衝かれたような顔になる。

「気付いていたのですか」

「ん～？　なんとなく？」

「……そうですか。いえ、そのことは私よりも、アスラ様から聞いたほうがよろしいかと思います」

「なるほどね。わかった」

エリスは意味もなく回答を避ける性分ではないことは、考助もわかっている。こういう言い方をするということは、本当にアスラから直接聞くべきなのだろう。

「それで？　いまアスラはどこに？」

「執務室で仕事をしています。ですが、心配されていたので、顔を見せたほうがいいですよ」

「そっか。じゃあ、そうするか。……って、そういえば、向こうに連絡は？」

向こうというのは、勿論塔のことである。

「それでしたら、私が連絡をしておきました。心配すると思って目が覚めないことは言っていませんが、連絡の取れないところにいると言ってあります」

「そうか、ありがとう」

エリスの配慮に、考助は礼を言った。それに、エリスの言ったことも嘘ではないのだ。本当の意味で連絡の取れない場所に行っていたのだから。それでも、まさか一日以上経っているとは、思っていなかったのだが。さらにいうなら、なんとなくすぐには塔に帰れない予感がしていた。

あのワールドレコードとの邂逅が、ピーチの占いの内容と合っているのかはわからないが、目が覚めたときからなんとなく、いままでとは違った感覚が身を包んでいるのだ。

「じゃあ、アスラのところに行ってみようか。……って、おっと⁉」

寝かされていたベッドから下りようとした考助は、立ち眩みを起こしたようにふらりと揺れた。

「考助様!?　大丈夫ですか?」

「あー、うん。……体の変化に脳の処理が追いついてないみたいだ。いや、魂の変化に、かな?」

「とりあえず、まだ横になっていてください。私がアスラ様を呼んできます」

考助の言葉に、一瞬頭痛のようなものを覚えたエリスだったが、慌てて考助に寝ているように言った。

言うまでもないが、一度作られた魂など、そう簡単に変化するものではない。ましてやそれを本人が察することなど、できるはずがないのだ。そんなことは、この神域にいる女神たちでも不可能だ。勿論、エリス本人も含めてである。唯一できる者がいるとすれば、それはアスラだけということになるだろう。

「あー、ゴメン。そうしてくれるかな?」

そう言ったあと、素直にベッドに横になる考助を見たエリスは、すぐにアスラのもとへと向かうのであった。


「へー。これはまた、面白いことになったわね」

考助の部屋に来るなり、アスラがそう言った。ちなみにアスラが来たとわかった考助は、上半身だけ起こしていた。

いまだに立ち上がると違和感があるので、無理をしないように自重している。

「……なんか、嬉しそうだね?」

アスラの表情になんとなく嫌な予感を覚えた考助は、顔を引きつらせつつ、そう聞いた。

「それはそうよ。ようやくこの世界でも、本当の意味での神といえる存在が出てきたんだもの」

そう不穏なことを言うアスラ。

アスラの横にいたエリスは、驚きの表情になっていた。

「なんとなく聞きたくない気がするんだけど、駄目だよね？」

「別に聞かなくてもいいけど、あの方に会ってしまった以上、避けられないわよ？」

考助も、わざわざ誰のことかは聞かなかった。

この世界で頂点に立つアスラが敬意を払う存在など、先ほど会ったワールドレコードくらいしか思い当たらない。

「それはそうか。それじゃあ、教えて」

「いいわ。といっても簡単な話ね。エリスたちの称号が天女となっていることからでもわかるでしょう？　彼女たちは本当の意味での神じゃない。あの方に会う前の考助もそうだった。けれど、いまの考助は正真正銘の神よ」

ワールドレコードに会ったことで、考助の魂は進化を果たしたといえる。現人神であることは変わっていないのだが、その本質が大きく変わったのだ。簡単にいえば、エリスたち女神は、あくまでもアースガルドの世界だけで通じる神であり、アスラや考助はほかの世界に行っても通じる神ということになる。

「……なんていうか。まったく実感がないな」

「なにを言っているのよ。いま、まともに立てないのは、魂の変化に体がついていけてないからでしょう?」

「まあ、それはそうなんだけどね」

下手をすれば、魂の変化に体が合わないということもあるのだが、その心配は考助もアスラもしていなかった。もしそんなことになっていれば、もっと激しい拒絶反応が起こるからだ。

「ともかく、しばらくの間は安静にしておくことね」

「そうするよ。それで……」

「……ん?」

「あの方がなんなのか、っていうのは聞いてもいいのかな?」

「それは無理よ。というか、私にもわかっていないもの」

ある意味予想通りの回答に、考助は納得したように頷いた。そもそもあの存在を完全に理解できる者がいるとは、なかなか考えづらかった。

「なるほどね」

「もし完全に理解できたら、神々の頂点に立つこともできるかも知れないわね。目指してみる?」

「いやいや、勘弁して。いまでもあり得ないと思っているのに」

「そう。それは残念ね」

考助の返答が予想通りだったのか、アスラは含み笑いをするのであった。

ふたりの会話が終わったのを見計らって、エリスが口を挟んできた。

「それで、今回の件は発表しましょうか？」

アスラがどうする、という表情で考助を見た。

「勘弁して。いまの立場で十分だよ」

アースガルドの世界では、すでに考助は現人神として広まっている。わざわざ余計な火種を蒔くつもりはなかった。

「そうですか」

エリスは、幾分ホッとした表情を見せた。考助の返答によっては、アスラから世界を簒奪《さんだつ》するということもあり得たのだ。勿論、考助がそんな性格ではないことはわかっているが、きちんと確認するのがエリスの仕事だ。

とはいえ、エリスもいまの立場に固執しているわけではない。だが、そのようなことになれば、間違いなく世界が荒れるだろう。そんなことになるのは、エリスも望んでいないのである。

「いやいや。そこでホッとするって、どんな風に思われていたの？」

「そう言わないであげてよ。エリスの立場からすれば、しょうがないでしょう？」

「それはまあ、理解するけれど」

アスラのフォローに、考助は納得した。エリスを含めた女神たちが、よくある理不尽なことを要求するような神々であれば、考助もいろいろやらかしただろう。だが、幸か不幸かそんなことをするような存在ではないので、わざわざ世界を乱してまで立場を簒奪しようとは考えるはずもない。

むしろそんな面倒臭い立場はごめんだった。

「なんだったら、いっそのこと私と立場変えてみる？」

「勘弁してください」

とんでもないことを言ってきたアスラに、速攻で頭を下げる考助であった。

(五) ふらつく考助

結局ベッドから立ち上がれるようになるまで、丸一日かかってしまった。

ただし、立ち上がれるといっても、

「うわ。まだ駄目か……」

といった感じで、いまだに軽い立ち眩みのような状態は続いていた。ベッドで体を起こしているくらいでは、特に違和感は覚えないのだが、歩こうとすると駄目らしい。ここで無理をしてもよくないと察した考助は、おとなしくベッドに戻った。

昨日一日ベッドでごろごろしていただけで、かなり飽きてしまったのだが、体調がこれではどうしようもない。

ベッドに戻った考助は、昨日はできなかったシルヴィアへの神託を試してみた。

『シルヴィア、聞こえる?』

昨日ほどつらい状況ではなかったので、そのまま会話を続けることにした。

『コ、コウスケ様⁉ だだ、大丈夫ですか⁉』

相当慌てた様子で、シルヴィアから返答があった。エリスからは、用事が増えたので遅れると伝えてもらっていたのだが、さすがに考助自身からまったく連絡がなかったので、心配していたのだ。

その声を聞いて本当のことは言えないと思った考助は、努めていつも通りの声で返事をした。

『大丈夫、大丈夫。ちょっと予定が増えちゃってね。あと、例の件もなんか掴めそうだから、もう少しこっちに残るよ』

『………わかりました』

なんとなく返事までの時間がかかった気がしたが、考助は気付かなかったふりをする。

『そういうわけだから、少しの間、そっちは頼んだよ』

『はい』

シルヴィアの返事を聞いたあと、すぐに神託を切ってしまった。実は、シルヴィアへ神託を繋いだ瞬間、立ち上がったときと同じような状態になったので、悟られないようにするので精一杯だったのだ。

「うーむ。……これ、マジで大丈夫かね？」

さすがに楽観視できない状態だと、いまさらながらに気付いた考助である。

相変わらず自分のことには鈍い考助であるが、昨日より回復してはいるので、悲観的にはなっていない。そのうち治るだろうと思ってはいるのだが、あまりに帰還が延びると、さすがに誤魔化しきれないこともわかっている。せいぜい一週間が限度だろうとあたりをつけてはいるが、そこまでに治る保証はまったくない。かといって焦ったところで仕方がないのだ。

おとなしくベッドで横になっているが、昨日さんざん眠ったので眠くなるはずもなく、ただただベッドの上でゴロゴロと寝返りを打つくらいしかすることがない。

そんな考助のところに、ジャルが訪ねてきた。

「来たよー。体調はどう？」

「おー。来てくれてよかった。もう、暇で暇でしょうがなくてね」

「ああ、やっぱり？」

ジャルとしても、考助が絶対に暇を持てあましていると思っていたので、仕事の合間を縫ってここに来たのだ。体調を崩している考助には悪いが、こんなにのんびりと話す機会もそうそうあるわけではない。ちなみに、そんなことを考えたのはジャルだけではなく、スピカもエリスもこのあとに訪ねてくることになるのであった。


夜。

結局、三大神の訪問を受けて、なんとか退屈な時間を過ごしきった考助は、最後にして最大の客人を迎えていた。

「……なんか、ラスボスみたいな扱いで嫌」

「ははは。いや、ごめんごめん。でも、実際そんな感じだよね？」

考助の雰囲気で察したアスラが、不機嫌な顔になった。

そんなアスラを、考助が笑ってやりすごした。

「それで？　どんな調子？」

「それが、よくわからないいんだよね。こうしてベッドで横になっているぶんにはまったく問題ないんだけど、立ち上がるともうダメ」

「まあ、二足歩行の動物って、立って歩くっていう動作に、かなり能力を使っているからね」

アスラの意見に、なんとなく納得して頷く考助。

「いや、でも、普通は神託とかするほうが、能力使わない？」

「そうでもないわよ。いま考助が不自由になっているのは、あくまで人としての動作のときよね？」

「あー、なるほど。そういうことか」

アスラの言いたいことがわかり、考助は再び頷いた。

現在の考助は、魂だけでワールドレコードに会ったお陰で、魂がなんらかの変質を遂げている。それがなにかはアスラにもわからないのだが、その魂の変化に肉体がついていっていないことはわかっていた。魂の変化に、肉体がなんとかバランスを取ろうとしているのだが、歩くといった動作をすることにまで処理が追いついていないのだ。

「最初にこの体に魂を入れたときみたいに、肉体を調整できないの？」

「無理よ。あのときの考助の魂は、私でもきちんと把握できたけど、いまのあなたはあの方の影響を受けているから、私にも正確には把握できないもの」

結局のところ、考助自身で自分の魂の状態を把握しないと、どうしようもないということだ。

「うーむ。魂の把握ね……」

そんなことができれば苦労はないのだが、この状況を脱するためには、どうしても克服しないといけないらしい。

「なんかいい方法ない？」

「あればアドバイスもできるのだけれどね。これぱっかりはどうしようもないわ」

そう言って肩をすくめるアスラ。

実際、自分の魂の在りようを把握する方法など、他者から聞いてどうこうできるものではない。どうしても自分自身で悟っていくしかないのである。

「うーん。……せめて肉体から離れて、魂だけになることができれば、まだわかりやすいと思うんだけれど」

「え？　できないの？」

考助の告白に、アスラはキョトンとした。

「できないよ！　てか、それくらいわかってよ！」

「無茶言わないでよ。でも、そういうことなら話が早いわ」

「どういうこと？」

「どういうこともなにも。肉体から魂を離すことは簡単にできるわよ？」

そう言って考助を見たアスラは、どうする、と視線で聞いてきた。

「是非やってみてください」

考助はそう言ったあと、アスラに向かって頭を下げるのであった。


「おお。これが幽体離脱ってやつか」

考助は、自分の体がベッドの上に横になっているのを、感慨深げに見詰めた。林の中の岩で横になったときは、寝ていたという感覚しかないため、自分の体が魂から離れているという意識はなかった。だが、今回は自分の体がはっきり目の前にあるので、わかりやすい。なかなかできない体験をしばらく楽しもうかと思った考助だったが、体を見ていたときにふとあることに気付いて、すぐにその考えを改めた。

「ごめん、アスラ。すぐに戻してもらっていい？」

「え？　いいけど……自分が戻りたいと思ったらすぐに戻れるわよ？」

アスラにそう言われた考助は、一度目を閉じて体の中に戻るイメージを浮かべてみた。その次の瞬間には、体に重みを感じるという、不思議な感覚に陥った。体に戻った考助は目を開こうとしたが、眩暈を感じてすぐに目を閉じた。それで先ほどの感覚は間違っていないと理解できた。

「あー、うん。……なんでこんな体調になっているのか、理解はできたよ」

「え!?　ほんとに？」

「うん。アスラが言っていた魂が肉体に定着していないというのもあるんだけど、あとは体から魂が離れていたことも原因みたいだ」

いま魂が戻ってきて眩暈を感じたのもそのためだった。魂の状態で体を見たときに、なんとなく変な感じを受けたのだ。その直感と、視界からの情報ですぐに戻るべきだと判断して、アスラにすぐに戻り方を質問したわけだ。

「そんなに影響あるの？」

これはアスラもわかっていなかったらしい。

「うん。まあ、これが自分だからそうなのか、それともほかの人類種たちもそうなのかはわからないけどね」

そもそも体から魂を離すなど、高位の神官や巫女でも不可能なので、それに答えられる者など皆無といっていい。ましてや、考助は長い修行を得て魂が離れるようになったわけではないので、なおさらだ。

「まあ、でも原因がわかったお陰で、退屈な時間は減らせそうだけどね」

「あら。そうなの？」

「たぶん、だけどね。さすがに今日は調整するのは無理だから、明日にでも試してみるよ」

「そう。無茶はしないようにね。今日はもうこのまま寝る？」

「ああ、そうさせてもらうよ」

考助がそう答えると、アスラは考助の額に手を触れた。そしてアスラが手を離したときには、考助はすでに寝息を漏らしていたのであった。


アスラの助けでできた幽体離脱での経験をもとに、現在考助は魂と肉体の間の不一致を解消しようとしていた。傍から見れば、ベッドに横になって目を閉じているだけなので、普通に寝ているように見える。しかし実際は、寝ているわけではなく瞑想しているような状態になっている。ミクセンの街で初めて交神したときと同じような感じだ。

そのままで、体の違和感を神力で探っていく。それを、現在の魂の状態と合うように修正すればいい。ただし、修正するとはいっても、そんなことをするのは初めてなので、最初は手間取った。初めての修正のときは、慣れない作業ということもあって、あっという間に時間が過ぎていた。様子を見にきたエリスが、あまりに動かない考助を見て心配したほどだった。

ただ単に瞑想しているだけでは、エリスも心配しなかっただろうが、あまりに深く集中して作業していたため、考助の生体反応がほとんど感じられなかったらしい。なんとか一カ所目の違和感を修正して戻ったときには、エリスが不安げな表情で考助を見ていた。ついでに、肉体は疲れていないのに、ぐったりとしてしまうという珍しい体験もする羽目になった。明らかに精神的な疲労を感じた考助は、そのまますぐに寝入ってしまった。

次に目を覚ましたのは、昼食後に呼ばれたときだった。最初はそんな感じでまったく進まなかったのだが、数をこなすことによりだんだん慣れてきて、修復スピードも速くなってきた。とはいえ、あとになって、ただ違和感のあるところを修正すればいいというわけではなく、バランスも重要だと気付いてからは、より細かい作業を強いられることになった。自分の体を修正していくのはなんとなく変な感じもしたのだが、直せる者がほかにいない以上、自分でやるしかない。なによりこの作業によって実際によくなっていくのがわかったので、ベッドの中でひたすら修正作業を行ったのだった。

結局、体調に違和感がなくなるまで修正できたのは、それから三日後のことだった。お陰で立ち眩みも改善して、普通の生活を送れるようになっていた。ちなみにこの三日間は、アスラがお触れを出したために女神たちの訪問はなかった。お見舞いに来ていたのは、アスラと三大神の三姉妹だけだ。いつもの調子で女神たちに押しかけられても困るので、考助としては助かったと思っていたが、そもそも神域に来ている目的を考えると、あまりいいとは言えない。

というわけで、治ってすぐに塔へ戻るのではなく、もう一晩だけ神域に留まることにして、その間に女神たちと交流することにした。考助が病み上がりということは、すでに伝えられていたのか、以前までのような勢いはなく、女神たちはむしろ気遣うような感じで接してきた。気を遣わせることになってしまったと思わなくもなかったが、考助はなにもせずに帰る気にはなれなかったので、それについては仕方がないと諦めることにした。もう完治しているのだが、病み上がりなのは事実なのだ。

翌日、塔に帰ることにした考助は、心配そうなアスラに見送られることになった。

「本当に大丈夫？」

さすがのアスラも、完治した次の日に帰るとは思っていなかったのだ。

「大丈夫、大丈夫。肉体的にはもう完治しているんだから」

考助は自分で作業したので、完全に治っていることはわかっている。アスラとしてもそれはわかっているのだが、不安なのだろう。止めても無駄とわかっているアスラは、考助に宝石のようなものを渡した。

「じゃあ、せめてこれを持っていって」

「ん？　なにこれ？」

「戻るのに失敗したとき用の目印。ないとは思うけど、いちおうの保険よ」

「……そうか。ありがとう」

魂の状態に合うよう肉体を修復したために、帰還用の術を使った際になにか不具合が発生しないとも限らない。もしなにも持たずに移動が失敗したとしたら、大変なことになる。場合によっては、世界と世界の間でさまようことになりかねない。そうなったときに見つけられるように、目印を用意しておいたのだ。考助もそれがわかったので、ありがたく受け取ることにした。

「それじゃあ、そろそろ行くよ」

考助はそう言って、今回は帰還用の陣を使って塔へと戻った。

移動に失敗することはなく考助が無事に帰ったのを確認し、アスラをはじめとした一同が大きく安堵したのは余談である。


管理層に戻った考助を、メンバー一同が出迎えた。

「お帰りなさいませ、コウスケ様」

代表して、シルヴィアがそう言った。なんとなくいつもの出迎えと違うのを感じた考助は、すでに逃げ腰になっている。

「……ええと？　どうかしたの？」

そんな考助を、シルヴィアがじっと見詰めて、ピーチがシルヴィアに問いかけた。

「どうですか～？」

「間違いありませんね」

ふたりは考助には意味がわからないやり取りをしていた。考助は、戸惑ったようにほかのメンバーを見るが、残念ながら助けてくれそうな者はいなかった。そんな考助を見たシルヴィアが、ひとつため息をついて言った。

「……神域でなにがあったのか、教えてもらいましょうか」

先ほどからなにやらよそよそしく感じるのも、考助が逃げ腰になることに拍車をかけている。

「え？　ええと、いつもと同じように過ごしていたけれど？」

「でしたら、コウスケ様の神格がなぜ上がったのか、きちんと説明してもらいましょうか」

神格？　なにそれ？　と思ったのだが、シルヴィアの目は誤魔化せないと考助は諦めた。

本来なら神域で起こったことは、話さないようにと思っていたのだが、いきなり出鼻を挫かれることになった。とはいえ、さすがにワールドレコードに関しては、濁して話をした。シルヴィアもその辺は心得ているのか、深くは突っ込んでこなかった。

「ところで、神格ってなに？」

一通り話し終えたところで、考助がシルヴィアに聞いた。

「以前にも話したと思いますが……私たち巫女や神官が神の気配を感じ取ったときの、力の強さのことですわ」

「それが上がっていると？」

「上がっていますね。下手をすれば、エリサミール神に匹敵するかも知れません」

「いや、そんな大袈裟な」

考助は笑おうとしたが、真剣な表情のシルヴィアを見て思いとどまった。

「ええと、マジ？」

「ええ。本当です。本格的に神威を抑えるように訓練したほうがいいです。いまのままだと、普通の巫女や神官でも気付かれてしまいますよ？」

「マジか……」

シルヴィアの忠告に、考助は頭を抱えた。

いまの考助は神の気配がだだ漏れ状態になっている。以前の神格であれば、ある程度の修行を積んだ巫女や神官がよほど注視しないと気付かれなかっただろう。だが、現在のような神格では、ちょっとした訓練を積んだ巫女や神官であれば、すぐに気付かれてしまうほどになっていた。

「うーむ。言われた通りなんとか努力してみるか。シルヴィアに迷惑かけるけど、手伝いをお願い」

そもそも神格を抑えるなど、どうしていいのか考助にはわからない。一番詳しいシルヴィアの手伝いが必要になる。

「勿論ですわ。それが私の役目ですから」

シルヴィアも同意して頷いた。

神の神威を抑える方法はシルヴィアにもわからないが、神威が漏れているかどうかの確認はできる。むしろ、それが専門といっていい。考助が神威を抑える訓練には打ってつけといえるだろう。

結局のところ、神域から戻ってきた考助が最初に取りかかったのは、新しい力に関する確認ではなく、自身の神威を抑える訓練をすることだったのである。

閑話四　ふたりの巫女

リリカはいま、アマミヤの塔の第五層にある神殿で清掃作業をしていた。いまのところその神殿に正式な名称はない。その神殿で祀られている主神が現人神であることから、便宜上現人神の神殿と呼ばれている。

リリカは過去、この神殿の扱いにおいて、いま思えばかなり恥ずかしいことをしてきたという思いがある。その贖罪《しょくざい》の意味も込めて、パーティの冒険活動がない時間は、こうして神殿の清掃を行うようにしているのだ。せっかくの休みの日に、わざわざ疲れるようなことをしなくてもと、パーティのメンバーは言うが、リリカはこの活動をやめるつもりはなかった。

こうして神殿で清掃活動を行うのは、過去の行いの償い以外の目的もある。それは、自分と同じようにこの神殿を清掃している者たちとの触れ合いであり、また神殿を訪れる信者たちとの触れ合いでもあった。

現在、現人神を信仰している者は、冒険者の中でも一部の者たちだけだ。とはいえ、現人神はこのアマミヤの塔を攻略して、さらに周囲の六つの塔も攻略してしまった。そのうえで、人間から神へと祀られるようになったのだ。その功績は、冒険者たちの間ではあり得ないほどの成功物語として語られるようになっている。それにあやかろうとする者たちが出てくるのは、ある意味で当然といえるだろう。付け加えるなら、リリカもそのうちのひとりだった。勿論巫女である以上、もともと信仰している神もいるのだが、巫女が複数の神を信仰してはいけないという決まりはない。

何度か通っているうちに顔馴染みになったおばあさんと一緒に、礼拝の間を清掃しているときに、入口のほうからざわめきが起こった。

「え⁉　なに？」

「へー、これはまた、珍しい」

戸惑うリリカに、おばあさんがそう言った。

「ああ、リリカちゃんは初めてかね？」

「えーと、なにがでしょう？」

なにが起こっているのかさっぱりわからないリリカは、首を傾げつつおばあさんに問いかけた。

「ここの主神の巫女さんが来たのさね。そうそう来ることがないから、なかなか会えないんだがね」

「……え⁉」

リリカは驚きの声を上げた。現人神が祀られていることは知っていたが、その現人神に巫女がいることは知らなかったのだ。しかも、その巫女がこの神殿を訪れることがあるということもだ。

「まあ、あの巫女さんがなるべく広めないようにと言っているから、こうして実際に見た者しか知らないのかも知れんがね」

おばあさんの声を聞きながら、リリカは騒ぎが起こっているほうを見た。

そこにはふたりの女性がいた。

ひとりは巫女服を着ており、こちらがその現人神の巫女なのだということがわかる。もうひとりは巫女服を着ていないので、巫女ではなく、巫女の仲間だということはわかった。そして、信じられないほどの美貌の持ち主だった。巫女もかなりの美人で、ひとりで町中を歩いていれば、間違いなく異性同性にかかわらず注目を集めるだろう。だが、もうひとりの女性は、それ以上に完成された美しさを持っていた。

「あれまあ、これはまた、たまげたね」

おばあさんの声で、リリカも我に返った。

「あの綺麗な人は、いままで来たことなかったの？」

「さて？　少なくともわしは初めて見るの」

そんな会話をしながらそのふたりを見ていると、ふたりは注目されつつも礼拝の間を進んでいき、祭壇の前にたどり着いた。


現人神の神殿には、偶像は祀られていない。三大神をはじめとして、メジャーな神はだいたい偶像が作られているが、そういったものがまったくない神も珍しくはないので、それに対してなにかを言う者はいなかった。そういった神の場合は、神そのものではなく、代わりに神を象徴するものが置かれたりしている。

この神殿の現人神の場合は、一枚の板が祀られていた。勿論ただの板ではなく、現人神の最大の功績とされているステータスカードを模したものだ。ちなみに、それが祀られると聞いた考助が、なんじゃそら、という感想を漏らしたのだが、メンバーたちは賢明にもそのことを誰にも話していないので、巷には伝わっていない。

巫女服を着た女性が、その板の前まで進み、祈りを捧げはじめた。すると、そこかしこからため息が漏れてきた。ただ単に祈りを捧げているだけなのに、その姿は一幅の絵のようだった。リリカもそれに目を奪われつつも、もうひとりの女性の様子も気になっていた。その女性は巫女を見ながらもそれとなく周囲の様子を見ている。リリカは、巫女の祈りの姿に、これほど惹かれる理由を察することができた。その巫女と現人神との確かな繋がりを感じることができたのだ。

「………あ」

そして、それと同時にただの板だと思っていた象徴にも縁が結ばれていることを感じた。いままでは、ただのステータスカードを模したものだと思っていたのだが、それはまったくの勘違いだと思い知らされた。

リリカのその声が聞こえたのか、巫女ではない女性がリリカを見た。リリカは思わず肩をすくめたが、そのあと女性はなにをするわけでもなく、視線を巫女へと戻した。だが、祈りを終えた巫女にその女性が耳打ちすると、今度は巫女が興味を持ったのかリリカを見て、リリカに近寄ってきた。

「初めまして。私の名前はシルヴィアと言いますわ。あなたの名前を聞いてもいい？」

内心で狼狽《うろた》えつつも、リリカは答えた。

「リリカといいます」

「そう。あなた、私と現人神との繋がりを感じ取ったそうね？」

「えっ……!?」

まさか気付かれているとは思わなかったリリカは、つい聞き返してしまった。

「ああ、驚く必要はないわ。ピーチも巫女の格好はしていないけど、素養はある人だから」

「それはないですよ～」

ピーチと呼ばれた女性はそう言ったが、それはあり得ないとリリカは思った。そうでなければ、自分のことに気付くはずがない。そんなことを考えていたリリカを、シルヴィアと名乗った女性がジッと見詰めてきた。

「な、なんでしょうか？」

「いえ……あなた、もしかしたらあの方との縁を結べるかも知れないわ」

「え……。ほ、本当ですか⁉」

勢い込んで聞いてきたリリカに、シルヴィアはクスリと笑って答える。

「ええ。……そういうそそっかしいところを直せれば、かしら？」

リリカは、今日会ったばかりのシルヴィアに、自身の欠点を見透かされて顔を赤くした。

「え、ええっと……」

「まあ、そういうわけだから、精進することです。それを望むも望まないも、あなた次第ですわ」

シルヴィアという女性は、最後にそう言ってピーチを伴って去っていった。

一連の出来事に呑まれっぱなしだったリリカは、あとになってなぜ神官や巫女を配置しないのか聞くのを忘れたことに気付いて、後悔することになるのであった。

第四章◆塔で進化について考えよう

（一）右目の覚醒

神の気配を抑える訓練も重要なのだが、いまのところすぐに管理層以外に行くわけではないので後回しにして、そもそもの本題である新しい力が手に入ったのかを確認することにした。

神域では、本型のワールドレコードに会ったということくらいで、具体的になにができるようなったということはない。魂と体の整合性を取るための適合化はしたのだが、そもそもそんなことはほとんど起こらないので、役に立つ力ではない……と思っていた。確認のために黒狼に会うまでは。


以前感じた違和感を再度確認するため、第八十一層の黒狼に会いにいった。当然というか、ナナも傍にいてすでにモフモフを堪能したあとだ。

「………………んー？」

「どうだ？」

黒狼を撫でながら首を傾げる考助に、珍しくついてきたシュレインが聞いた。自分の管理している塔だけではなく、たまにはアマミヤの塔の階層も見てみたいという理由でついてきているのだ。

「よくわからないいな。前のときと変わっていないない気もするし、なにか見落としている気もするんだけど……？」

「ふむ。……ピーチの占いでは、神域できっかけがあると出ていたのだろ？」

「そうなんだけれどね」

具体的になにかを手に入れたというわけではないので、考助は首を傾げている。

「そもそも、神域にいたときは、ずっと寝ていたしなあ……ん？　寝ていた？」

シュレインに聞こえないように小さく呟いた考助は、寝ていただけではないことを思い出した。

「いやいや、まさか、そんなことは……」

自分でも半信半疑、というよりほとんどあり得ないだろうと考えながら、それでも試しに、あのベッドの中でやっていたことを黒狼に対して実行してみた。そして、まさかの手応えを感じて、すぐに黒狼から手を離した。

「はっはっはっ……まじかよ⁉」

いま黒狼に触れて感じ取ったのは、魂と体の間の違和感だった。それは、考助が神域でさんざん感じていたものだ。だがまさか、他者の違和感を感じ取れるとは思わなかった。とはいえ、感じているのはまさしくその違和感だったので、間違いないはずだ。

「うーん、とはいえ、これをどうすればいいのか、皆目わからないな」

ぶつぶつと呟きはじめた考助を、シュレインはいつものことと放置して、周りに集まっている狼たちをモフッていた。こうなったときの考助は、下手につつくより諦めがつくまで放置したほうがいいと、いままでの経験でわかっているのだ。

考助が神域で臥《ふ》せっていたときにやっていたのは、変わってしまった魂に対して肉体を合わせるという作業だった。ところが、いま黒狼から感じているのは、スキルレベルが高くなっている肉体に対して魂が合っていない状態だ。ということは、魂を肉体に合わせればいいはずだ。とはいえ魂を合わせるといっても、実際になにをすればいいのか皆目見当もつかない。

そこまで考えた考助は、進化とはなんぞや、とふと考えた。そこで、肉体のスキルレベルに合わせて魂が変化するのが進化するということではないのか、という仮説を立てた。

「その仮説はいいんだけど、そもそも進化させるのは、どうすればいいのかわからんよな……」

黒狼を撫でながらぶつぶつ呟いている考助の姿は、傍から見ればなかなかおかしな感じになっているが、それを指摘する者はいなかった。撫でられている黒狼は、気持ちよさそうにしているので、それを止める者もいない。そんなことを考えていた考助は、いつの間にか目を閉じていた。

それに気付いて、目を開いたときにふと目に違和感を覚えた。

「…………ん？」

それを感じたのは、右目のほうだった。いつもステータスを見ている左目ではない。

まさかと思い、左目のときと同じように、右目で神力を使ってみる。初めて《神の左目》を使ったときのようなことにならないように、あくまでそっとだ。すると、ものの見事に予想は当たり、ステータスと同じように、なにかが表示された。

《進化の萌芽》

「なに、これ？」

ステータスと同じように文字が出てくるが、それ以上は出てこなかった。これだけの表示だと、なんのことだかさっぱりわからない。最初なので神力を絞りすぎたかと思い、さらにもう少し強く確認してみた。

《進化の萌芽》
不足条件：魂の器の拡大

「うーん……ますますわからなくなったぞ？」

わかることも増えたが、余計わからないことが出てきた。

まず《進化の萌芽》というのは、名前からして進化をしようとしている、あるいはその条件を満たそうとしている状態だと考えた。そうすると次の不足条件というのは、進化に足りていない状態が表示されているということになる。だが、その条件の魂の器の拡大というのが、なにをすればいいのかがわからない。

それ以上は考えてもさっぱりわからなかったので、先ほどよりも、もう少し右目に込める神力を強くしてみた。

《進化の萌芽》
不足条件：魂の器の拡大（より相応しい魂が入るための器を用意する）

「いや、それじゃあ、わからないから」

思わずひとりで突っ込んでしまったが、答えは返ってこなかった。具体的になにをすればいいのか出てくれればと思ったのだが、そう甘くはないらしい。残念ながらさらに右目に神力を込めても、これ以上の表示の変化はない。結局進化するために不足しているものがあって、それを用意しないと進化できないということがわかっただけだった。

「魂の器の拡大、ねえ……」

首を捻って考えるが、さっぱり思い付かなかった。


「なかなか上手くいかないようだの？」

先ほどから首を捻っている考助に、シュレインが話しかけてきた。

「うん、魂の器を拡大するってのが、さっぱりわからなくてね」

「魂の器の拡大？　なんだそれは？」

突然そんなことを言われて面を食らったシュレインに、考助がいままで見えたものを説明した。

「なるほどのう。つまりは、魂の器とやらを拡大しないと進化しないということか」

「まあ、そういうことだね。なにかわかる？」

「いや、わからんの」

「だよね～」

ふたりで首を傾げるが、結局わからなかった。

「新しい力だから使えるかと思ったけど、なんとなく微妙な気がするなあ」

「いや、そんなことはないぞ？　そもそも進化する寸前だとわかるだけでも普通ではないぞ？」

「そうかな？」

シュレインの忠告に、考助は首を傾げた。

「間違いなく感覚がマヒしておるの。神々と頻繁に会っている影響かの？」

呆れたような視線になったシュレインに、考助はスッと目をそらした。なんとなく思い当たることがあるような気がしたのだ。

「まあ、よいわ。それよりも魂の器の拡大にはなにをすればいいのか、ということかの？」

もともと深く突っ込むつもりはなかったシュレインは、自ら話題をそらした。……というか、本題に戻ることにした。

「そうなんだけど……結局、漠然としすぎていて、さっぱりわからないよね」

「まあ、そういうことかの。……そういえば、ほかの個体はどうだったのだ？」

「黒狼に関しては、まったく同じだったね」

「……む。違いがあれば、と思ったんじゃがの」

さすがに考助も同じ個体だけを愛でていたわけではなく、ほかの個体もチェックはして、黒狼だけではなく、白狼の系統も見ていた。だが、いまのところ右目に反応があったのは黒狼たちで、白狼にはまったく反応しなかった。反応した黒狼もすべて同じ表示だったので、結局わからなかった。

「仕方がない。そもそも黒狼だけで把握しようというのが、虫がよすぎたね。ほかの眷属たちも見にいこう」

結局、いまの情報だけで全部を理解しようというのが無謀すぎたと結論づけて、考助は第八十一層から立ち去ることにした。


アマミヤの塔にいるすべての眷属を確認したところ、《進化の萌芽》が確認できる眷属が数体いた。それらの眷属を一体一体確認してみると、次のようなことがわかった。

一、種族を問わず表示される。
二、一度でも進化している個体しか表示されない。
三、いまのところ、「魂の器の拡大」しか確認できない。

一に関してはそのままで、黒狼だけではなく、ほかの種族でも表示する個体がいた。ただし、二のように、一度でも進化している個体しか表示されなかった。下位種から中位種に進化するときには表示されないようなので、この《進化の萌芽》に関しては、中位種にしか表示されないものなのかも知れない。三については、考助の右目の能力が足りないためにほかのものが見えないのか、そもそもほかがないのかはわからない。

結局のところよくわからないという結論になってしまった。さんざん悩んだ考助は、どうせ魂に関わる内容は普通に調べても答えなど出ないだろうと、諦めることにした。いちおう塔のメンバーにも確認を取ったのだが、わかる者は誰もいなかった。行き詰まった考助は、伝家の宝刀を抜くことにした。


『というわけで、教えてください』

『いきなりですね』

考助が頼った相手は、エリスだった。

『答えたいのはやまやまですが、私にもわかりません』

『えっ⁉ そうなの？』

てっきりすぐ答えが返ってくると思っていた考助は、本気で驚いた。

『そうです。以前にも話したと思いますが、私は万能ではありませんよ？』

『ああ、いや、それはわかっていたけど、この世界の進化に関わる話だから、わかるかと思っていたよ』

『ああ、なるほど。ですが、そもそも進化に関しては、神々も完全に制御しているわけではありませんので、答えられることは少ないのです』

進化に関わる話は、魂にも深く触れることになる。魂に関しては、管理はしているが、新たに創ったり自由に変質させたりなどは、たとえ神々でもできないのである。

『あれ？　でもハクを生み出したときは？』

『あれは、あの方のお力のお陰です』

『あ、そういうことか。要するに彼女に聞かないとわからない？』

『そういうことになります』

『なるほどね。じゃあ、アスラに聞いてみるよ』

『あっ……』

『ん？　どうかした？』

交神を切ろうとした考助を、エリスが一瞬呼び止めたので、考助は聞き返した。

『い、いえ。なんでもありません。ただ、いまアスラ様は忙しいようですよ？』

『そうか。ありがとう。時間を空けて聞いてみるよ』

エリスの忠告に考助は礼を言い、今度こそ交神を切った。交神を切られたエリスは、考助から聞いた話を反芻した。

「そもそも進化に関わる内容が目視できるようになったということが、どれほどのことか理解できて……いるわけないですよね」

エリスのその呟きは、非常に小さかったので、たまたま傍にいたスピカにも届かなかった。ただ単に、考助との交神を終えたエリスが、大きくため息をついたのを見て、スピカは首を傾げるのであった。

✳︎◆✳︎

アスラに確認する前に、考助がほかの細々とした用事を済ませていると、いきなりアスラから交神してきた。向こうから交神されるのは初めてだったので、かなり驚いた。

『えっ⁉　な、なに？』

『クスクス。そこまで驚かなくてもいいじゃない？』

『いや、こんな簡単に交神できるなんて思ってなかったから驚くって』

不思議なことだが、初めて交神を受けたというのに、交神してきた相手が誰だかはすぐにわかった。交神というのはそういうものだと言われて、納得するしかない考助だった。

『それにしても、僕はいつの間に交神を受けられるようになったんだ？』

『以前からだけれど、特に用事がなかったじゃない？』

『ああ、そういうこと』

現状、考助に向けて交神できるのは、アスラとシルヴィアだけである。あとは、ピーチがあと一歩といったところだが、残念ながら道具の補助があっても厳しい。ちなみにシルヴィアがそれをできるのは、勿論考助の巫女となっているためだ。

そのシルヴィアは、管理層でほとんど一緒に生活しているので、特に交神する必要がない。アスラもわざわざ交神してまで話をすることもないので、いままで使うことがなかった。勿論、そうそう簡単にアスラが出張ったりすると、世界に影響を与えかねないので、自粛していたところもある。今回は、考助が自分に用事があるとエリスから聞いたので、大手を振って交神することにしたのだ。


『それで、エリスから話を聞いたけどね』

『あ、そうなんだ。それでなにかわかった？』

『うーん。それが、微妙なのよね』

歯切れの悪いアスラの回答に、考助は内心で首を傾げた。

『どういうこと？』

『進化に関しては、勿論わかることもあるけれど、考助のその能力に関しては、正確なことはわからないわ』

左目のステータス表示も、今回の右目の能力も考助独自の権能になる。しかも今回に関しては、ワールドレコードが直接関わっているので、アスラにも未知数の力なのだ。

『そういうことか……でも、わかることもあるんだよね？』

『勿論。といっても、それが正解かはわからないけれどね』

『それでもいいよ。いまのままだと手探りもできていないから』

少しでもわかることがあれば、聞いておきたいというのが、いまの考助の本音だった。

『そもそも進化って、ある条件が揃わないと起こらないというのはわかるわよね？』

『まあ、さんざんこの塔で見てきたからね』

それは、眷属たちの進化でたくさん見てきている。といっても、これが完全な条件だというものは見つけていない。ほとんど偶然に頼っている。

『それが正解なのよ。そもそも絶対に進化するという条件なんてないのよ』

『矛盾してない？　……あ、いや、そういうことか』

アスラが言いたいことは、たとえ進化の条件が揃っていても、進化する個体と進化しない個体があるということだ。なぜ分かれるのかというのは、アスラにもわからない。

そういうときに使える便利な言葉がある。それは、偶然、という言葉だ。

『ここからは推測なのだけれどね』

と、珍しく前置きをしたうえで、アスラが言葉を続けた。

『考助の今回の力は、その差を埋めるものだと思わない？』

そのアスラの推測を聞いた考助は、たっぷり十秒は沈黙した。

『いやいや、ちょっと待って。それってホントに？』

本当だとすると、とんでもない力ともいえる。なにしろいままで進化できていなかった個体が、進化できるようになる可能性も秘めているということになるのだ。

『……だったらいいなー、っていう希望も入っています』

その返事に、考助はカクリと肩を落とした。

『で、結局のところ魂の器の拡大ってなんのことかわかる？』

将来の話はともかくとして、いま見えている問題から解決しないと、今後のこともわからない。

『それがねえ。普通だと魂の器って肉体のことを指しているのだけどね。どうも考助が見えているそれは、違うものを指していると思うのよね』

要するにアスラもきっちりとした答えは持っていないということだ。

『いや。魂の器が肉体だとしたら、体をなにか変化させればいいということにならないかな？』

考助が考えているのは、物理的な大きさや性質の変化ではなく、内面すなわちスキルといったものを指している。まさしくそのスキルが、進化の条件に関わっているのだから、その推測は間違っていないはずだ。

『そうなんだけれど、それだと結局のところ、いままで考助がそこでやってきたことと、なにか違っているの？』

『…………あ』

アスラの突っ込みに、まったくもってその通りだと気付いた考助が、呆然とした。せっかくアスラからいいヒントをもらったのに、結局のところ振り出しに戻ってしまうのであった。

結局、アスラからは具体的な答えを得ることができなかった。アスラでさえわからないということは、この世界にわかる者はいないのではないだろうかと考助は考える。アスラ以外に、唯一答えをもらえそうな存在がいるとすればワールドレコードだが、彼（彼女？）はそんなに簡単に会える存在ではない。

『そもそも《進化の萌芽》ってどういうことなんだろう？』

『なにが言いたいの？』

『魂の器の拡大がされれば進化が起こるなら、進化条件となっているほうが、しっくりくると思うんだけれど？』

考助の言葉に、アスラの返事が少し遅れた。

『……確かにそうね。ということは、魂の器を拡大しても進化はしない？』

『それも微妙だよね。進化しないんだったら、「進化の」なんて付かないと思うし』

ふたり揃って考え込むが、やはり答えは出なかった。

『いままでの事象ならともかく、これに関しては、考助のまったく新しい権能だから答えようがないわね』

『つまりは？』

『あなた自身で、手探りで力を見極めていくしかないってこと』

アスラのあっさりとした回答に、考助は左右に首を振った。

『前例がない以上しょうがないけど、正直どうすればいいのか、さっぱりわからないな』

『あの方が意味のない力を付けたりはしないと思うから、地道に頑張るしかないわね』

気の遠くなりそうな話だった。とはいえ、現状アスラの言う通り、答えが出ない状態なのだ。

『それもそうか。さっさと答えを出そうということ自体が、虫がよすぎたかな？』

『それは言いすぎの気もするけど……焦っているようには見えたわね』

考助にそんなつもりはまったくなかったので、虚を衝かれたような表情になった。

『……そうだった？』

『あなたはそう言うと思ったわ。でもこの世界の人間からすれば、間違いなく生き急いでいるように見えるわよ？』

アスラの助言に、確かにそうかも知れないと考助は考えた。そもそもこれだけの期間で（コウヒとミツキが）塔を七つも攻略したうえに、現人神となっているのだ。生き急いでいるといわれても仕方がないだろう。

『なるほどね。まあとりあえず、焦らずゆっくり確認することにするか』

『そうね。……それじゃあ、私はそろそろ行くわ』

『ああ、ありがとう』

ここまで付き合ってくれたアスラに、礼を言う。

『いいのよ。私も話したかったから』

それだけを言って、アスラからの交神が切れた。新しい権能に関しては、ほとんど進展がなかったのだが、別の意味でいままでの行いを見詰め直すいい機会になったと思う考助なのであった。


新しい権能に関しては「待ち」の状態になってしまった。それだけに時間を割いても仕方がないので、ゆっくりと検証していくことにする。そのうちなにか別の角度からわかる可能性もあるので、いま急いで検証する必要はないと思い直したのだ。それに、現状急いで眷属たちを進化させる必要も感じない。

いまではすべての塔が赤字から脱しているので、特に大きく討伐数を稼ぐ必要もないのだ。アマミヤの塔に関しては、これ以上の成長もないだろうと考えているので、特になにか目標があるわけではない。ゲームでいえば、ステータスのカンストを目指しているような状態なので、急いでやる必要性もない。

そもそも塔の管理は、神力を稼ぐことがすべてなので、黒字になっているいまは、特に急いでやることもない。なにか目新しい設置物でも増えれば別だが、特にそういったこともない。ゴーレムを作っていたときは、すべての階層に眷属を配置しようかと思っていたのだが、あまり意味がないと考えて控えている。一度増やしてしまえば、管理をしなくてはならなくなるので、これ以上に増やすことは慎重にしたのだ。ほかの塔で面白そうな召喚獣が増えてくれればいいのだが、いまのところ考助の琴線に触れるような召喚獣はいなかった。

そんな考助とは対照的に、ほかのメンバーたちは、積極的に召喚獣を増やしている。種類を増やしている者もいれば、数を増やしている者もいて、内容は人それぞれだ。特にそれに関して、考助がどうこう言うつもりはない。むしろ、それぞれの個性で眷属たちを育ててくれればいいと思っている。そうしたほうが、いろいろ見ることができて楽しいし、さらには考助とは違った方法での進化が見られるかも知れないのだ。

アスラと会話をしたあとで、考助はそんなことを考えながら、完全にオフモードに入っていた。

道具作りなどやりたいことはたくさんあるのだが、先ほどのアスラとの会話で思うところがあったので、意識してこういう時間を作ってもいいだろうと思って寛ぐことにしたのだ。

くつろぎスペースのソファで寝そべっていると、コレットが近寄ってきた。

「どうしたの？　またなにか考え事？」

コレットの言いように、考助は苦笑した。いきなりそんなことを聞くコレットを見て、なるほど確かに、アスラの言い分も正しいと思ったのだ。

「確かに考え事はしていたけれど、いまは単に休んでいるだけだよ」

休むといっても、結局ソファで寝そべるくらいしかすることがないのだ。

「あら。じゃあちょうどいいわね。私も休むことにするわ」

コレットはそう言って、寝そべっている考助の隣に座ってきた。

そんなコレットを見て、考助はぽつりと呟いた。

「なにか、暇潰しの道具でも作ってみようか」

結局思考が働くほうに向かっている。

「こら。いまは休むんじゃないの？」

「いや、そうなんだけれどね。でも、いままでどっちかというと塔の管理に思考が向いていたから、遊び道具を作るとかは、また話が別かな～と」

白い目で見てくるコレットに、考助はなんとなく言い訳めいたことを言ってしまった。

「どっちも一緒だと思うけど……まあ、そのほうがコウスケらしいといえばらしいわね」

コレットの言いように、そこまで自分は仕事人間になっていたかと、考助は内心で首を傾げたが、アスラが言っていたこともあるので黙っていた。代わりに、なんとなく呟いた遊び道具を作ることを、真剣に考えはじめた。

「うーん。遊び道具か……なにかないかな？」

「ボール遊びとか？」

コレットの言葉に、考助はそんなものを作りたいわけではないので、首を振った。だが、これは考助の認識不足もある。そもそも子供が時間をいっぱい使って遊べることなど、この世界ではほとんどない。当然大人になれば、休みなしに働くことが普通だ。

遊びに費やす時間が少ないということは、それに対する需要も少ないので、遊び道具などはほとんど発達していないのだ。そこに思い至った考助は、やはりなにか遊び道具を作ろうと決心した。

コレットを相手に詳しく話を聞いてみるが、そもそもコレットは子供の頃エルフの里にいたので、さほど人の子供の遊びに詳しいわけではない。エルフの子供たちは、自然を相手に遊ぶことがほとんどで、わざわざ道具を用意して遊ぶことはなかった。

コレットから話を聞いたあとで考助はほかのメンバーにも聞いてみたが、そもそもこの塔に集まっているメンバーは、一般的とは言いがたい子供時代を過ごしてきた者ばかりだった。結局唯一聞きたいことが聞けたのは、王族として育ったフローリアだった。ただしそれは、遊びの時間を取れるのが、身分のある者たちだけだということを意味しているのであった。

（二）各種上位種族

新しい権能に関しては、現状確認のしようがないということで、考助はとりあえずいつものように、時間が解決すると思うことにした。前のようにピーチに占ってもらうという手もあったのだが、それはピーチが断固として拒否した。考助も無理強いするつもりはないので、ピーチが断ってきた段階で、占いに関してはすぐに諦めた。確かに、進化に関わることなので、気になることは気になるが、そのうちわかるだろうと考えることにしたのだ。

そんなわけで、考助はいま、別の問題を解決しようと頑張っていた。それがなにかというと、現人神としての神威を抑えるための訓練である。

考助の目の前には、シルヴィアが難しい顔をして座っていた。別に怒っているわけではない。考助の神威がきちんと抑えられているのか感じ取っているのだ。

神威を抑える訓練は、シルヴィア監督のもと、以前から行っていた。勿論シルヴィアも四六時中一緒にいるわけにはいかないので、時間を見つけては訓練の成果を見ているのだ。

こうして考助が訓練をしているのには、勿論わけがある。といっても、いまのままでは管理層に引き籠もるだけになってしまうというだけだ。考助は、塔の管理だけを行って生きていくつもりはない。いままでは、やることが次から次へと出てきて、その対処に追われていたので半引き籠もり状態になっていた。だが、今後塔の管理が落ち着いてくれれば、世界を回っていろいろな場所を見たいと思っていた。そもそも塔を攻略したのは、拠点を手に入れるためで、そこに引き籠もるためではない。しかし、神威垂れ流し状態だと、そんなに気軽に旅ができないのだ。神威を抑えられないと、どこへ行っても神職たちの口撃に遭うだろう。さすがにそれは、考助としても勘弁してほしいので、以前からコツコツと訓練していたのだ。

「以前見たときよりだいぶ改善していますが、まだ完全に抑えるところまではいっていないようですわ」

考助の視線を感じつつ、申し訳なさそうにシルヴィアがそう言った。

「いや。シルヴィアがそんな顔をする必要はないよ。単に僕の鍛錬不足なんだし。というか、なんとなく駄目だっていうのはわかってきたから」

考助の返答に、シルヴィアが目を瞬いた。

「自身の神威をだいぶ感じられるようになりましたか？」

「以前よりもはっきりとね。というか、前に神域に行ったときの経験でわかるようになった」

神域で行った自身の治療の経験が、意外な形で生きてきていた。その前までは、そもそも神力を感じることはできても、現人神としての神威に関してはピンとこなかったのだ。だが、その神威というのがどういうものか、あのときの経験でわかるようになっていた。一度その感覚を掴むと、いままでよりは苦労せずに制御できるようになっていた。

そんな理由から、いまの状況でもまだ駄目ということは、なんとなくわかっていたのだ。

「ちなみに、どれくらいの感じになっているの？」

「言葉にするのは難しいですが……雲ひとつない夜空で月を探すところから、星のひとつを探すくらい、ですわ」

月といわれれば、誰でも見つけることができるが、何々の星というのは、誰でも知っている有名な星ではない限り、専門家でないとすぐに言い当てるのは難しい。逆にいえば、専門家であれば見つけることは容易なのだ。

シルヴィアが言いたいことはそういうことだ。

「うーむ。なるほどねぇ……」

考助は唸るように言った。そもそも神職たちの目を欺くために訓練しているのに、専門家である神職たちに見分けがつくようだと、まったく意味がない。自由に塔から外出できるようになるには、まだまだ訓練が必要だと感じる考助であった。

「以前よりは、確実に進歩していますわ」

微妙な言い回しをしたシルヴィアだったが、以前までは上手くいっているとは言いがたかったのだ。それから比べれば、いまの状況は雲泥の差だった。

「そうか。まあ、とりあえずコツみたいなのは掴んだから、もう少しでなんとかなると思う……かな？」

「私もそう思います」

考助の楽観的な意見に、シルヴィアも頷いた。実際、それくらい状況がよくなっているのだ。いままで先が見えなかった訓練に、ようやく希望が見えてきてホッとする考助であった。

「ところで……」

考助が少し言いづらそうにシルヴィアに切り出した。

その珍しい様子に、シルヴィアが首を傾げる。

「どうしました？」

「いや、その、うん……。少し手を貸してもらえないかな？　考えてみたら、人間相手に使ったらどうなるのか試してなかったと思って……」

なんのことを言っているのか、すぐに思い当たらなかったシルヴィアが、しばらくの間首を傾げていた。

「あ、新しい権能のことですか？」

「うん。まあ、そうなんだけど……」

考助としては、人体実験のようでなんとなく気が引けていたのだ。だからといって召喚獣たちだといいのか、という話もあるのだが、それはそれである。なんとなく考助のそんな考えを読んだのか、シルヴィアは躊躇《ためら》うことなく頷いた。

「問題ありませんわ。是非、確認してください」

そう言ってすぐに右手を差し出した。

考助はしばらく悩む様子を見せていたが、その手をシルヴィアは強引に取ってしまった。シルヴィアにしてみれば、なにをいまさらという思いなのだが、考助が自分を心配してこういう態度になっているのはわかっているので、嬉しいという気持ちもある。だが、こういうときに役に立ってこその巫女という立場だというのも、理解しているのだ。

勿論、考助が無理強いさせるつもりはない、というのがわかりきっているので、シルヴィアも言うつもりはない。代わりにこうして行動で示すことにしたのだ。

「それで、どうですか？」

新しい権能を試した考助だったが、結果はいいことと悪いことの半々だった。まずいいことというのが、シルヴィアにも《進化の萌芽》が出ていたこと。これにより、ステータス表示と同じように、召喚獣に限らず見られるとわかった。そして、悪いことというのが、《進化の萌芽》というのもそうだが、そのあとの説明も同じだったのだ。すなわち、魂の器の拡大というメッセージもまったく一緒だったのである。

ヒューマンでも確認できるとわかったことは収穫だが、それ以外に関しては、まったく進展がなかったことになる。

「うん、まあ、そんなに甘くはない、ということかな？　…………シルヴィア？」

ただし、考助の説明を聞いてシルヴィアはなぜか嬉しそうな表情になっていた。考助に名前を呼ばれて、シルヴィアははっとした表情になる。

「いいえ、すみません。ですが、私も進化できるということでしょうか？」

「うーん、そこが微妙なんだよね。そもそもヒューマンが進化するなんていままで見たことないし。それに、黒狼たちだってほんとに進化するかはわかっていないからね」

その考助の言葉に、シルヴィアは微妙にがっかりした表情になった。なにやら浮き沈みの激しいシルヴィアに、さすがの考助もなにか問題がありそうなことに気が付いた。

「シルヴィア、なにかあったの？」

「ああ、いえ。まさか自分が進化できるとは思わなくて……それからヒューマンの進化ですが、過去にはあったそうです」

「えっ⁉　まじで？」

「はい。ヒューマンがそのまま進化したのか、あるいは強い者の子や子孫がなったのか、詳しくはわかりませんが、かつてはハイヒューマンという種がいたそうです」

ハイヒューマンのことは、古い文献には結構出てくる。なにしろ有名どころの英雄譚のいくつかは、そういったハイヒューマンが活躍しているといわれているのだ。

「なるほど、ハイヒューマンねえ。ほかの種族はどうなんだろう？」

「さすがにほかの種族までは……ただ、有名どころではハイエルフはいますが」

ハイエルフに関しては、現在南の塔に実在している。

「ああ、そうか。ハイエルフも進化といえるのか？　あれ？　でもあれって、ハイエルフがエルフに堕ちたという話もなかったっけ？」

「さあ、どうでしょう？　その辺は私も詳しくはないですわ」

シルヴィアも他種族のことまでは、詳しくは知らない。そもそも管理層には、いろいろな種族がいるのだから、直接聞いたほうが早い。早速皆に確認してみようと思う考助であった。

ヒューマンが進化するとハイヒューマンになるというのは、伝説というより神話の域に達している。ただ、確かにハイヒューマンという種がこの世界にいたということは、いろいろな痕跡がある。確定的な情報として大きいのは、神殿で引き継がれてきた資料に残っていることだろう。そういった資料の保管という意味においては、興隆と滅亡を繰り返している国家よりも、神殿のほうが信頼度が高いのだ。新しい国家が興ったときに、過去の神話を持ち出して正統性を主張することなど、どこの国でも行われている。その際に、勝手に神話を創り出すことなど、ごく普通に行われているのだ。

そういう意味において、神殿およびそれを統制している教会というのは、信頼度が高い。なにしろ神話そのものが、教会の存続している意義そのものなのだから。また、教会に都合のいい神話を新たに作成した場合は、当然のように神からの神罰が下っている。

国家はともかく、教会においてそういった不正をすることは神々が許さないので、自然と淘汰されているのだ。とはいえ、組織になると腐敗が起こるのも人の世の常なので、たびたび教会が天罰を受けるのも、また人の歴史である。

そんなわけで、ハイヒューマンに関しては、そこそこ正しいと思われる話が残っているのだが、それでも神話以外でハイヒューマンが確実に存在したという話は残っていない。神話以外で語られている英雄たちのなかには、あるいはハイヒューマンではないか、といわれている者たちもいるのだが、あくまでも憶測で語られているだけだ。それに関しては、神々もなぜか口をつぐんでいるので、確認する方法がない。

ナナとワンリをモフりながら、考助はシルヴィアとフローリアからそれらの話を聞いていた。別に不真面目な態度で聞いていたわけではなく、雑談程度でも語りたかったふたりが希望したのだ。そのふたりは、第四十七層の狼に囲まれている。ついでに、この場所にはほかのメンバーも揃っている。シュレイン、ピーチ、コレットも同じようにしていたが、中身がドラゴンのはずであるハクまで同じように狼をモフっていた。むしろハクはシルヴィアたちの話にはまったく興味がないのか、狼をモフることに集中していた。

珍しく全員揃っているわけだが、現在の管理層にはコウヒがひとりで残っている。

「そういえば、エルフはハイエルフが堕ちた存在という話は、エルフたちの間ではどういわれているの？」

考助がこう聞いたのは、当然エルフであるコレットだった。ちなみに、そんなことを堂々と聞けるのは、そもそもその話をコレットから聞いたためである。

「うーん。堕ちたというと語弊があるけれど、似たような言われ方はしているんじゃないかな？」

「そうなの？」

「うん。そもそもハイエルフと比べて、精霊との結びつきが弱くなったのがエルフっていわれているから」

自分たちのルーツを負の側面から肯定するのは、珍しいパターンだと思ったのか、シュレインが疑問を口にした。

「自分たちを卑下するとは珍しいの」

「卑下、とは違うと思うわ。精霊たちから距離が離れた代わりに、より物質的な結びつきが強くなって、世界樹をより深くお世話できるようになったともいわれているから」

世界樹といえど、あくまでもこの世界に存在している以上、物質的な繋がりは持つしかない。そういった意味では、ハイエルフよりもエルフのほうが、世界樹との関わりは強くなっているともいえる。エルフの中では、精霊的な繋がりはハイエルフ、物質的な繋がりはエルフだという自負があるのだ。

「なるほどの」

「そういうヴァンパイアはどうなの？」

考助の疑問に、シュレインは首を傾げた。

「どうだろうの？　吾らの場合は、すべての吸血一族の祖となった者がいるといわれているくらいかの」

「へー。どんなの？」

「真祖とか始祖とかいわれておるの」

ちなみに、真祖ヴァンパイアも始祖ヴァンパイアも、その存在は教会からは否定されている。勿論、過去の歴史からそうされているのだ。実際にいたかどうかは、ヴァンパイアの口伝でも確認はされていない。あくまでもそれに近い力を持っていたと語られているくらいだった。

次いで考助の視線はピーチへと向いた。ピーチもその視線に対して首を振った。

「言いたいことはわかるけれど、サキュバスの上位種族については、私にもわかりません～」

「そうなの？」

「そうなんです～。そもそもサキュバス自体が、別の存在から進化した形といわれていますので」

一般的には、淫魔や淫夢といった存在から進化（退化？）したのがサキュバスだといわれている。ただ、これもサキュバスを貶めるための作り話だといわれているのが、現代の常識である。それを考えれば、サキュバスそのものの上の存在というのは、サキュバス一族にも伝わっていないのだ。

実はピーチのような強者がいるにもかかわらず、サキュバス一族は戦闘ではさほど強くないといわれている。これには理由があって、そもそもサキュバス一族は闇に属する仕事をしているため、自分たちの戦闘能力を詳しく喧伝することを抑えているからだ。とはいえ、もしサキュバスの上位存在がいれば、一族の中にそういった話は伝わっていそうだが、ピーチも聞いたことがないそうだ。

「なるほどね」

ピーチの話を考助も頷いて聞いていた。

そもそもなぜ全員で揃ってこんな話をしているかというと、シルヴィアにも《進化の萌芽》が出ているこ とがわかったあとで、メンバー全員を調べてみた結果、見事にハク以外の者たちが《進化の萌芽》を持っていたのだ。そこから進化するとどうなるのだろうという話になり、いまのような話の流れになっていた。ついでにナナとワンリも見てみたが、《進化の萌芽》は持っていなかった。これが最強クラスの存在になっているためなのか、もしくは単に条件を満たしていないからなのかは、わからない。むしろハクを除いた女性陣が、《進化の萌芽》を持っていたことに対して驚くべきだろう。そもそも《進化の萌芽》が、本当に進化に関わるものなのかもわかっていないのだが、なにか関係があることは不足条件からもわかる。もし進化するとしたらどうなるのか、という疑問からいまのような話になっているのだが、結局具体的な方法はわかるはずもなかった。

残念ながらどの種族も、そういった具体的な話は残っていなかった。具体的なことがわかれば、この《進化の萌芽》についてもわかることがあると思ったのだが、残念ながらそういうわけにもいかないらしい。それぞれの種族の状況がわかっただけでも、皆と話した甲斐があったと思うしかない考助であった。

（三）地の宝玉

各階層の眷属たちの様子を見にいったり、気まぐれで道具の開発をしたりして数日を過ごしていたある日。

考助はひょんなことから、《進化の萌芽》に関しての答えに近付けそうなヒントを見つけることになった。きっかけは、ピーチが考助に塔LVアップの報告をしにきたところから始まる。

「塔LVが上がった？」

「はい～。でもなぜ上がったかわからないんですよね」

「……は？　なにそれ？」

ログ見たの、とは聞かなかった。すでに四回レベルアップをしているので、どこに出てくることかくらいは、ピーチもわかっているはずなのだ。

「なんか、レベルアップだけ表示されていて、条件が書かれていなかったんです～」

「ん～。なんだろうね、それ。……う～ん。僕も見にいっていい？」

「勿論です～」

いまとなっては、北東の塔は完全にピーチが管理しているので、いちおう管理層に行くときは、本人に確認を取っている。ピーチをはじめとして、ほかのメンバーもそんなことは必要ないと思っているのだが、考助らしいとわざわざ止めたりはしていない。

北東の塔の制御室に来た考助は、ピーチが言った通りアマミヤの塔やその前のレベルアップのように、条件が記載されていないことを確認した。正確にいえば、ＬＶ五に上がる際の条件が記載されずに、単純に『特殊な条件をクリアしたためＬＶ五になりました』と表示されているだけだった。

「うわー。これは不親切だな」

「そうですね～。どちらが普通なんでしょうね」

アマミヤの塔のときは、条件クリアの内容が記載されていた。対して北東の塔は記載がない。

「う～ん。北と南のときはどうだったんだろうね。そういえば、出ているのが当然だと思って聞いてなかった」

そのことに気付いた考助は、すぐにコレットがいるはずの南の塔の制御室を訪れた。


南の塔のときはどうだったのかを確認するため、考助はコレットの部屋を訪ねた。

「はい～」

部屋に入る前のノックは忘れずに行うと、中からコレットの返事がきた。

「コレット、ちょっと確認したいことがあるんだけどいい？」

「コウスケ？　どうぞどうぞ」

ドアを開けて制御室に考助を招き入れるコレット。ちなみにピーチとミツキもついてきていた。

「で？　なにを確認しにきたの？」

「いや、ＬＶ五になったときの記録を」

「レベルアップの記録？」

コレットにしてみれば、なにをいまさらという感じだったので、首を傾げた。考助がログのチェックを始めたので、ピーチがコレットに先ほどの件を伝えた。

「なるほどね。確かLV五に上がったときは、眷属を中級魔物に進化ということが条件で出ていたはずだけれど？」

念のため全員で南の塔の管理層に移動して確認してみたが、コレットの言う通り、南の塔では塔LV五に上がったときは、ログにしっかりと『眷属を中級魔物に進化』と表示されていた。

「そうみたいだね。となると、四属性の塔は全部同じような感じになりそうだな」

「そもそも、特殊な条件というのがなにかわからないのですが～？」

条件がわからないと、ほかの四属性の塔のレベルアップの参考にはできない。

「それはしょうがない。というより、むしろそれが目的の気がしてきたな」

「四属性の塔は条件が同じ設定になっているから、ほかの塔を簡単にレベルアップさせないようにするため？」

考助の言いたいことを察して、コレットが言葉にした。

「そうそう」

「でも～。それって、ほかの塔も同じ人が攻略している前提になっていませんか？」

「いや、そんなことはないよ。別に塔の管理者同士が不仲だとは限らないからね。むしろほかの塔に対抗するために、共闘することも考えられるし」

「そういった者たちの連携をさせないために、条件を表示していないの？」

「と、思うんだけれど。……まあ、正解かどうかは塔を作った存在に聞かないとわからないな」

少なくともアスラが作ったわけではないので、答えを聞くことはできない。あえて、誰が作ったのか聞く気もない。それに、アスラから答えが聞けるとは考えていないのだ。ただし、それはあくまでも考助の想像でしかないのだが。

「答えがわかっているものを管理してもつまらない？」

「そういうこと」

コレットの問いに、考助はそう返した。

勿論あえて質問をしたコレットやピーチも同じ考えだ。おそらくほかのメンバーも同じだろう。

「あ～、忘れていました。塔ＬＶ五に上がったら、ユニークが追加されていました」

「えっ？　マジで⁉」

「マジです～」

考助にしてみれば、ログのことよりもそちらのほうが重要だったりする。なにしろアマミヤの塔のユニークアイテムは、世界樹とヴァミリニア城だったのだから、ほかの塔のユニークアイテムも期待できるというものだ。

「それで？　なんだったの？」

「それは私も興味があるわ」

考助の食いつきに、コレットも乗ってきた。

「それが～……。地の宝玉とかいう名前のものでした」

「なに、それ？」

考助は思わず視線をコレットに向けたが、コレットも首を傾げた。結局誰もわからなかったので、再び北東の塔の制御室へと向かった。

そこで確認できた説明が次の通りであった。

名称：地の宝玉
設置コスト：三十万ＰＴ（神力）
説明：北東の塔のユニークアイテム。地属性の結界を張ることができる

「うん。わからない！」

説明を見た瞬間、考助がそう言った。コレットも微妙な表情になっている。結界だけなら、普通に拠点を作るためのものがある。いまさら、ユニークアイテムとして出てくる意味がわからなかったのだ。違いがあるとすれば、地属性を持っていることだが、それがなにを意味するのかはまったくわからない。

「と、思ったけど……ひとつだけ思い当たることがあるかな？」

考助がそう言うと、コレットとピーチが同時に気付いた。

「『ヴァミリニア宝玉』」

「そういうこと」

そもそもアマミヤの塔のヴァミリニア城は、ヴァミリニア宝玉の発展と同時に城も発展していた。

［地の宝玉］も同じようなことになる可能性がある。

「設置するための神力は足りる？」

「足りません～」

「じゃあ、アマミヤの塔から神力を送るから、適当な階層に設置して……あ、眷属がいるところにしてね」

「わかりました～」

設置するために、考助とピーチがそれぞれの場所へと向かった。一緒についてきていたコレットは、ピーチに同行する。神力を北東の塔へ送ればまた考助も合流するので、最初からピーチと一緒にいたほうがいいと考えたのだ。ミツキは当然、考助と一緒である。

考助は、アマミヤの塔の制御室から北東の塔へ神力を送って、すぐに北東の塔の制御室へ戻った。神力がアマミヤの塔から北東の塔へ送られるには、ほんの少しだが時間がかかる。その間に考助が着いたので、ピーチはまだ［地の宝玉］を設置していなかった。

「どこに設置するかは決めた？」

「決めました～。レイスを大量に召喚している階層にします」

ほかにも結界がある場所はあるのだが、なにぶんレイスたちは多数いるので、避難場所代わりの結界はいくらあってもいい。

「そう。じゃあ、設置したら現地に行ってみようか」

考助がそう声をかけてから、四人は北東の塔の［地の宝玉］を設置した場所へと向かった。

考助は初めてレイスが多数発生している階層に入ったのだが、半透明の霊体が自分に寄ってくる光景は不思議な感じがした。アマミヤの塔の第十二層にもレイスはいるのだが、ここまで多数ではない。勿論一カ所にすべてのレイスが集まっているわけではないが、それでも圧倒される感じがある。しかもチレイスもかなりの数がいるのでなおさらだった。

ちなみにレイスとチレイスは、霊体の周辺にあるオーラのようなものの色の違いで見分けることができる。レイスは特に色はなく、チレイスは仄かに青みがかっている。アマミヤの塔のチレイスの数より明らかに多いので、それはそれで見応え（？）がある。

そんな光景を見ながら、考助たちはダンジョンマップを進んでいく。アマミヤの塔を管理しているときにはなかったことなので、新鮮な気持ちになる。勿論この北東の塔を攻略するときには、一度来ているのだが、塔を攻略するときと塔を管理しているときでは、気分がまったく違う。しかも管理を完全にピーチに任せているので、また違った視点で見ることができる。

そんなこんなで、階層を進みつつ、目的の場所に着いた。

そこは一般的な体育館くらいの広さの空間で、中央に［地の宝玉］が置かれている。この空間には、レイスとチレイス以外の召喚獣はいない。考助の眷属になっているかいないかで、［地の宝玉］が張っている結界の中に入れるか入れないかが決められているらしい。その代わり、安息の地とばかりにレイスとチレイスが集まっていた。

その二者が、考助たちが来たことに気付いて、［地の宝玉］までの道を空けたのには、全員が顔を見合わせて笑いかけた。まさか霊体がそこまでの知能を持っていると思っていなかったためだ。ただ漂っているだけだと思っていたのだが、そうでもないらしい。アマミヤの塔にもレイス系は召喚しているのだが、あまり顔を見せていなかったので、気付かなかった。ピーチはたびたび来ていたのだが、ここまでの反応はなかったので気付かなかったらしい。明らかに考助がいるためなのだが、現人神がいるからなのか、眷属としての反応なのかはわからない。

とにかく、開けられた道を通って、四人は［地の宝玉］のところまで進む。近付くにつれて［地の宝玉］が、淡く緑色の光を発していることがわかった。緑色の光を発する大きめの水晶玉という以外は、特に気付いたところはない。設置したときについていたのか、水晶玉だけで置かれているわけではなく、きちんと台座の上に置かれている。

「うーん。特別なことは感じないかな？」

つぶさに［地の宝玉］を観察していた考助が、そう言った。

「そうですね～。あえていうなら、結界を張る力を発していることがわかるくらいでしょうか」

「精霊の力も特別なものは感じないわね」

勿論まったくいないというわけではないが、これだけ大掛かりな結界を張られている以上、それに魅かれてくる精霊たちは必ず一定数はいる。コレットの感覚からしても、この場にいる精霊はその一定数以上を超えるようなものではなかった。即ち［地の宝玉］に関しては、精霊に働きかけるような力は、あくまで結界に限ってということになる。それ以外の力は、目の前の［地の宝玉］には特に感じない。

もっともこの感覚は、アマミヤの塔の世界樹やヴァミリニア城を基準にしているから感じるものだ。一般的な感覚で考えれば、これだけの結界を自由に持ち運びできる時点で、かなりの価値があるということを、この時点では皆が気付いていない。

「まあ、レイスたちの有効な拠点ができたくらいに考えたらいいかな？」

「そうですね～。ちょっとガッカリです」

塔の規模が違うので、アマミヤの塔と比べてレベルが劣るのは仕方がないと諦める、考助とピーチであった。

「まあ、いちおうなにかあるかも、くらいに思ったほうがいいかな？」

最初から諦めモードに入っているふたりに、コレットが釘を刺した。といっても、そう言ったコレットも、これは南の塔もあまり期待はできないかな、なんてことを考えていた。


一同が諦めモードに入ったとはいえ、せっかく設置したのでもう少し残ってなにか変化がないかを見守ろうということになった。といっても特にすることもないので、考助は周辺を漂っていたレイスたちを見ていた。勿論、ステータスを見るだけではなく、新しい力も使っている。これだけの数のレイスとチレイスがいるのだから、なにか違ったものがないか期待してのことだったが、残念ながら確認できなかった。

というのもレイスに関しては、以前の未進化個体と同じように、まったくなにも確認できなかったのだ。進化していない個体では、新しい力の発動自体が行われないという法則も、レイスに適応されていた。右目の力は、進化した個体だけで使える能力だと考助は推測していた。新しい力がどういった能力かは、完全にはわかっていないので、断言するのはまだ早いが、残念ながらその推測が外れたことはいまのところない。

というわけで、主にチレイスを確認していたのだが、あるチレイスを確認したときにそれは起こった。

「ウオッ⁉　マジか⁉」

考助の声に、一緒に来ていたピーチとコレットの視線が集まった。

「どうしたの?」

たまたますぐそばにいたコレットが、考助に聞いた。

「いや。……地の宝玉に右目の力が反応した……」

「え……⁉」

「ほんとですか~?」

声を上げたのはコレットとピーチだったが、ミツキも珍しく驚きの表情になっていた。

「……うん。本当」

もう一度、今度はチレイスとは重ならないように確認してみたが、やはり［地の宝玉］単独でも確認することができた。残念ながら表示されているのは、相変わらず《進化の萌芽》だった。それでも、生物以外でも確認できたというのは大きい。ついでにいえば、魂の器の拡大も表示されていた。となると、次の問題が出てくる。

それに関して、考助が疑問を口にした。

「宝玉なのに、こいつ魂あるのか？」

「う～ん。そんなものは感じませんが～？」

考助の疑問に、ピーチが首を傾げた。何気に巫女としての力が上がってきているピーチなので、その言葉は信用できる。

「ハッキリと断言はできませんが～。もしちゃんと知りたい場合は、やっぱりシルヴィアを連れてきたほうがいいです」

こういうことに関しては、やはり本職の出番になる。

「シルヴィアを連れてこようか？」

「いや待って。いったんアマミヤの塔の管理層に戻ろう」

コレットの言葉に、考助が待ったをかけた。

「なにか思い付きましたか～？」

「ああ、ちょっとね」

首を傾げるピーチに、考助が笑いかけた。

「私もわからないわ」

「答え合わせは、管理層に着いてから、かな？　本音をいえば、二度説明するのが面倒」

「うわ、ひどっ」

「ひどいです〜」

考助の軽口に、コレットとピーチが抗議の声を上げた。勿論本気ではない。おふざけ程度のじゃれ合いだ。もし自分の予想が当たっていれば、棚上げしていた右目の力についても進展があるかも知れない。

ある予感を持って、考助はそんなことを考えていた。

(四) 進化とは

アマミヤの塔の管理層に戻ってきた考助は、すぐにシュレインのところへ向かった。シュレインはたまたまくつろぎスペースにいたので、すぐに捕まえることができた。勢い込んでやってきた考助に、シュレインは多少驚いた表情になっている。

「コウスケ？　そんなに慌ててどうした？」

「シュレイン、ヴァミリニア宝玉を見にいくよ！」

「は？　あ、いや。見にいくのは構わないが、どうかしたかの？」

いきなりそんなことを言い出した考助に、シュレインは首を傾げた。

本来であれば、[ヴァミリニア宝玉] は吸血一族の至宝のため、そう簡単に見せられるものではないのだが、そもそもが考助のものだと思っているシュレインは、特に抵抗もなく許可をした。

首を傾げているシュレインに、考助は先ほど [地の宝玉] で見たものを説明した。

「なるほど～。それでヴァミリニア宝玉ですか」

考助と一緒についてきていたピーチが、納得をしたように相槌を打った。

「地の宝玉のように、うちの宝玉にも同じものが見えるかも知れないと？」

「ああ、なるほど！」

シュレインの補足に、コレットがようやく納得した声を上げた。

「まあ、そういうことだね。ヴァミリニア宝玉だったら、地の宝玉とはなにか違いがあるかも知れないしね」

「そういうことなら吾が案内しよう」

シュレインがそう言って、ソファから立ち上がった。


北の塔にあるヴァミリニア城のとある一室。

一族の者にさえ秘匿されているその場所に、［ヴァミリニア宝玉］は置かれていた。この階層には、吸血一族とイグリッド族しかいないうえに、イグリッド族はヴァミリニア城に入ってくることはない。イグリッド族はともかく、吸血一族はいまでもアマミヤの塔を経由してから外へ出ることがあるので、念のための処置である。

当然ながらヴァンパイアの者たちは［ヴァミリニア宝玉］の重要性をわかっている。だからこそ、その位置をあえて聞いてこないという徹底ぶりだ。勿論ここまでの過剰な対応は、過去の経験からきている。

その［ヴァミリニア宝玉］の傍に立った考助は、早速右目の力を使って見た。その結果、予想通りその力が見事に発現することになった。

《進化の実り》

不足条件：より多くの結晶石

考助は、思わず声が出そうになった。初めて違う条件と名称が出ている。

「ねえ、シュレイン。結晶石ってなんのことかわかる？　ヴァミリニア宝玉に関わることで」

考助の疑問に、シュレインが即答した。

「ああ、それはこれのことだな」

シュレインはそう言いつつ、［ヴァミリニア宝玉］が置いてある台座の引き出しを開けて、その中から赤く発光している球状のものを取り出した。色を見る限り宝石のルビーに見えなくはないが、発光していることから違うことがわかる。

「それ、なに？」

「いまコウスケが言った通り、結晶石という。簡単にいえば、血の塊だな」

「なにそれ、怖い」

反射的にそう言った考助に、シュレインは苦笑した。

「吾らの一族が使える魔法で、自身の血を使って作ることができるものだな」

「え？　それ、大丈夫なの？」

「勿論そうそう簡単に作れるものではないが、作製者の健康に影響が出ない範囲というのは研究されているからの」

術者自身の血を使うため、長い歴史の間で、吸血一族のなかで大丈夫な範囲というものが研究されていた。昔は限界を超えたために死亡する者もいたが、いまではよほどのことがない限り、そういった事故も起きないということだ。

「よほどのことって？」

「術の最中に邪魔が入るとかかの？　まあ、この術を行うときは、複数の監視のもとに行われるから、まずあり得ないがの」

この術は、準備さえできればあとは発動が終わるのを待つだけなので、準備の邪魔さえ入らなければ失敗はないのだ。

「そこまでして、作る意味ってなに？」

「ああ、言ってなかったか。……こう使うのだよ」

シュレインはそう言いながら結晶石を［ヴァミリニア宝玉］へと近付けた。そして結晶石が触れるか触れないかのところまで近付くと、次の瞬間にはシュレインの手の上から結晶石が消えていた。

「ヴァミリニア宝玉に吸収された？」

「ほう。わかるのか。簡単にいえば、結晶石は吾らの力そのもの。その力を吸収して宝玉の格を上げているのだ」

シュレインの話は、そのまま不足条件の内容と当てはまっていた。ヴァミリニア一族の力そのものである結晶石を吸収して、［ヴァミリニア宝玉］が進化するということなのだろう。

「なるほどね。わかったよ、ありがとう」

シュレインの説明を聞いた考助は、礼を言ってから大きく頷いた。

✳︎ ◆ ✳︎

「それで？　見にいった意味はあったのか？」

ヴァミリニア城から管理層へと戻ってきたシュレインが、しばらくしてから考助にそう聞いた。いままで考助は考えに没頭していたので、周りにいた者たちはあえて質問しなかった。また、ほかのメンバーがいるところで話をしたほうが、考助が二度手間にならなくて済むとも考えたのだ。

いまは夕食時で全員が揃っている。

「ああ、うん。ある程度はね」

考助は、［ヴァミリニア宝玉］で見えた内容を話した。その話を聞いた一同は、しばらく沈黙していたが、やがてシルヴィアが話し出した。

「その話を聞く限りでは、その力は進化の過程にあるものを見ることができる、ということですか？」

「うーん。そこも微妙なんだよね。そうなんだとしたら、一度でも進化したあとの眷属たちでしか現れていないというのがわからない」

進化前の眷属たちでは、《進化の萌芽》は出ていない。もし進化の途上にある個体に《進化の萌芽》が出るのであれば、一度も進化していない眷属に出てもおかしくないのだ。

「それについては、前から思っていたことがありますわ」

「え？　なに？」

「ただ単純に力を上げるだけで進化する場合は、表示されないのではないでしょうか？」

この場合の力というのは、ステータスのことだ。

シルヴィアの考察に、フローリアが納得したように頷いた。

「逆にいえば、なにか特殊な条件がある場合にのみ表示されるということか？」

「そうですわ」

もっといえば、初期スキルを伸ばすだけで進化する種に関しては、右目の力では表示されない。進化の際に、ある条件を満たさないといけない場合に、右目の力が発動するということになる。

「うーん……確かに。当てはまっているといえば当てはまっているかな？……いや待って。だとしたら灰色狼が黒狼と白狼に分かれるのは、特殊な条件に当てはまらない？」

「あ……そうですね」

考助の指摘に、シルヴィアが俯いた。

「いや、でも視点は悪くないと思うがの」

黙って話を聞いていたシュレインが口を挟んできた。

「その右目の力は、進化をしようとしている、あるいは、進化の途中にあるものを見ることができるのではないか？」

「灰色狼で見られないのは、進化の過程に入る前にすぐに進化してしまうから？」

「そういうことじゃの」

「そうか。たとえばスキルを取得できただけで進化できるのであれば、取得した瞬間に進化できるから、その間のことは右目では見られないということ？」

右目の力は、あくまでも進化の途上にあるものが表示される。なにかを手に入れただけで進化をしてしまう場合は、その条件が揃った瞬間に進化するので、右目の力では見えないということになる。

「コウスケのその力は、進化の途上にある個体を識別することができる力ということかな？」

コレットが、いままでの話をまとめるように言った。

そしてその言葉が、考助の中で一番しっくりときた。

「……ああ、なにかそれが正解みたいだ」

考助がそう思った瞬間に、自分の中でそれが正しいという認識になっていた。

「どうやら、それが新しい権能の一部のようですわ」

「一部？」

「そのお力は、神の力だということを忘れてはいけません。ステータス表示だって、すべてが表示されているわけではないのですから、今回のもそうであると考えるべきですわ」

シルヴィアの言葉に、考助が納得したように頷いた。少なくとも今回の件で、右目の力が発動する条件がわかったというだけでも大きいだろう。あとはこの力をどう使っていくかということなのだが、ステータス表示とは違ってすぐに役立てないことに頭を悩ませる考助であった。

［ヴァミリニア宝玉］のお陰で、右目の力に関してはなんとなくわかったことが増えた。ステータス表示に関してもそうなのだが、右目の力も対象の現在の状態を表示するだけで、直接なにかに働きかけるものではない。勿論、シルヴィアの言葉を借りれば、いまの状態が力のすべてではないので、まだ発展の余地はある。とはいえ、そうそう簡単に右目の力の発展先を見つけることができるわけでもなく、とりあえずはいまの状態をひとつひとつ検証していくしかないのであった。


「ところで、魂の器の拡大についてはわかったんでしょうか～？」

「いや、わかってないけど。なにかあったの？」

唐突にピーチがそんなことを聞いてきたので、考助は素直にわかってないと答えた。

「答えかどうかわからないのですが～。なんとなく思い付いたことがあるのですが……」

占い師としてか、あるいはもともとそういう性質を持っているのか、ピーチは勘が鋭い。以前、サキュバスはそういった勘が鋭い種だといっていたので、種族特性のひとつなのかも知れない。そういう事情で、ピーチのなんとなくという言葉は、気軽に無視できないということは、塔のメンバーは皆すでに把握していた。

「なんのこと？」

「そもそも、ナナとワンリがここまで順調に進化できたのはなぜでしょうか～？」

そんなことを言いながら、ピーチは首を傾げている。その膝の上では、小型化したナナが気持ちよさそうにピーチに撫でられていた。ワンリは、人化して考助の隣に座っている。

そのワンリに向かって、周囲の視線が集まった。視線を感じたワンリは、慌てたように首を振った。

「え……ええと？　ごめんなさい。気が付いたら進化していたので、私には理由まではわかりません」

最後のほうは申し訳なさそうに、小声になっていた。

「ああ、いいのよ。その答えがわかっていたら、コウスケもここまで悩んでいないわ」

落ち込みそうなワンリに、すかさずコレットがフォローを入れた。ついでにいえば、ワンリが人化できるようになる前は、自身のステータスのことすら理解できていなかったのだから、正解を求めるのは酷といえる。

「そうそう。ただ、ピーチが言いたいことはなんとなくわかったよ」

考助もワンリに笑いかけつつ、そんなことを言った。ついでに、シュレインも同意するように首を縦に振っている。シュレインは、コウヒとミツキを除けば、この中で一番の古参である。ナナとワンリの状態も一番長く見ているのだ。考助のステータスを見る能力についても同様だ。

「そういうことだの。ナナとワンリがほかの眷属と違っていた点はいくつかあるが、大きく違う点は絞られるからの」

シュレインの言葉で、シルヴィアも気付いた。

「……ああ、なるほど。称号、ですか？」

ナナもワンリも、称号は早いうちから付いていた。それに比べて同じ種族のほかの眷属たちは、称号が付いていたものはほとんどいなかった。いたとしても、少なくともナナのように称号が変化するようなことはなかった。特にワンリに関しては、《考助の眷属》以外の称号が複数付いている。

「それをいえば、そもそも考助の眷属という称号が付いているのは、眷属たちが進化しやすいことの理由にもなるのではないか？」

フローリアの言葉に、メンバーたちが顔を見合わせた。ほとんど思い付きで言ったフローリアだったが、言ったあとでなんとなくそれが正解ではないかと思いはじめた。

「いや。待って待って。ちょっと先走りすぎているよ。だとしたら、眷属たち全員が右目の力でなにかが見えてもおかしくないはずだよ？」

考助が、走りはじめた議論にストップをかけた。

「確かに、称号が進化になにかの役割を果たしているのは当たっていると思うけれど、全部が全部そうだとは限らないんじゃないかな？」

いままで真面目に称号に関して突っ込んだ議論をしたことがなかった。

「一度、称号というか、ステータスについてきちんと見直したほうがいいのかしら？」

「特に進化と合わせて考察したほうがいいかの」

いままでは感覚でやってきた眷属の進化の管理を、きちんと体系化しようという話だ。

「あちゃー。忙しさにかまけて、放置していたつけがきたか」

考助にしてもそういったことを考えなかったわけではないが、後回しにしてしまったために、いまになって問題が顕在化したといえる。まあ、問題といえるほど大きなことではないのだが。

額に手を当てた考助を見たシルヴィアが、手を挙げた。

「体系化してまとめるのは、私に任せてもらえないでしょうか？」

「シルヴィアが？　別に構わないけど？」

突然そんなことを言い出したシルヴィアに、考助は首を傾げつつ許可を出した。とはいえ、シルヴィアがその作業をするには大きな問題点がある。

「シルヴィアがやりたいというのなら構わないと思うけれど……ステータス確認はどうするの？」

そもそも道具なしにステータスを確認できるのは、考助だけなのだ。ステータスを見ることができない以上、考助が傍にいないと作業がはかどらないのは、目に見えている。

「それは……」

シルヴィアもそれはわかっていたので、コレットの問いかけに言葉に詰まった。だが、メンバーのそんな様子を見て、考助がニンマリと笑って立ち上がった。

「フッフッフッ。そんなこともあろうかと……！」

そんなことを言いつつその場から去り、研究室へ向かった。

すぐに研究室から戻ってきた考助は、手になにかを持っていた。それは、手のひら大の箱のようなものだった。

「それは……？」

話の流れからなんとなく予想がついたシルヴィアだったが、皆を代表して考助に聞いた。

「聞いて驚くなかれ！　これぞ待ちに待った……」

「ステータスを見ることができる装置ね？」

もったいぶろうとした考助をぶった切って、コレットがさっさと答えを言った。がっくりと項垂《うなだ》れる考助には、誰も同情する様子を見せない。そのなかにワンリも入っていることに気付いた考助は、さっさと先ほどの台詞はなかったことにした。

「そういうことだね。まあ、使えるのが神力を使える人限定っていう制約が付くけど、皆には関係ないからね」

全員が神力を扱う修行をしたのが、ここで役に立つことになった。当然神力を使わないと起動しないので神具なのだが、その辺はすでに当たり前になっているので、皆スルーしている。

「そういうものがあるのだったら、私も手伝います～」

珍しいことに、ピーチも積極的に参加を希望してきた。

「ピーチが？　勿論構わないよ。あ、ちなみにふたつしか作ってないよ。別にふたりだけでやる必要もないし」

ほかにも立候補してきそうだったので、先に釘を刺しておいた。さらにいうなら、いままで進化をしている眷属たちは、いちいち記録してきたわけではないので、記憶を頼りに作るしかない状態なのだ。その辺に関しては、考助も精度を求める気はまったくなかった。もともとは右目の力から始まったことなので、そこに繋げることができれば万々歳という程度にしか、考助は考えていなかったのである。

❋◆❋

考助がいなくなったくつろぎスペースに、女性陣が集まっていた。

「ふたりとも、いやに積極的だの？」

「そうねえ。なにかあったの？」

シュレインとコレットが、首を傾げつつシルヴィアとピーチに聞いてきた。フローリアも同じ気持ちなのか、耳を傾けている。

「……ピーチはどうですか？」

シルヴィアは、それにはすぐに答えず、ピーチを見た。

「おそらく、同じことを考えているかと」

ピーチの返事に、シルヴィアが頷いた。

「たぶん、私たちにも進化の萌芽が出ているというのが、あの件に繋がるはずです」

「私もそう思いました～」

シルヴィアとピーチの言葉に、ほかの三人が顔色を変えた。なんのことかはすぐにわかった。だが、いままであの話と結びつけて考えていなかったのだ。

「……なるほどの。ということは、吾らは裏方に回ったほうがいいかの？」

「そうね。フォローは絶対に必要だからね」

「ふむ。そういうことならこの件は、ふたりに任せたほうがいいだろうな」

三人もすぐに納得して顔を見合わせた。こうして考助のあずかり知らぬところで、女性たちの計画が進むのであった。

◆

女性陣に眷属たちの調査を任せた考助は、別のルートで称号を確認することにした。別のルートというのは、女神ジャルである。

『それで？　聞きたいことってなに？』

考助が交神すると、ジャルはすぐに出てきた。前回神域に行ったときには、忙しくなったと文句を言われたのだが、もう収まったのだろうか、と考助はどうでもいいことを考えつつ答えた。

『称号について……』

『残念だけど、私にはわからないわよ？』

考助の疑問に、ジャルが先手を打って答えた。

『ええと……？』

『称号と魂の器の関係について知りたいのでしょう？』

『まあ、それもあるかな？』

『あの方も答えたと思うけれど、本当に私たちにはわからないのよ。そもそも魂の器なんて呼び方は、考助の権能によるものだから』

ジャルの言葉に、考助は首を傾げた。

『どういうこと？』

『魂の器という言葉は、私たちの間では聞いたことないのよ。当然それについて、答えられる者はいないわ』

『魂の器がなにか知らないから、それが称号と関係しているかなんてわからないということ？』

『そういうことよ』

ステータス表示もそうだが、進化の途上にある状態を文字にして表すことなどいままでなかったことなのだ。だからこそ考助の神としての新しい権能となっているのだが、そのためにアスラをはじめとした神々にも、それがなにを意味しているのかはわからないのだ。ということを以前アスラから聞いていたのを、いまさらながらに考助は思い出した。

『ふーん。そういうことなら、それはいいや』

『あれ？　いいの？』

あっさり引いた考助に、逆にジャルが拍子抜けしたような声を出した。

『うん。前のアスラとの話でなんとなくわかっていたから。それよりも今回は別の話が本命』

『なるほどね。それで、本命ってなに？』

さすがのジャルも、考助の本来の目的まではわからなかった。

『僕も加護って付けられるの？』

『できるわ』

考助の質問に、ジャルは即答した。

『はやっ！』

あまりの速さに考助が驚いた。事前に考助が質問してくるのを待っていたような速さだった。考助にしてみれば、現人神とはいえ神の一員なのだからもしかして、と思っての質問だったのだが、ジャルにとってはごく当たり前のことだったのだ。

『当然よ。私の管轄の範疇だもの』

『なるほどね。……それで？　書類審査とかはいるの？』

神々が世界に影響を与える場合に、そういった手続きが必要だという話は、いろいろ聞いているのだ。自分もそれに当てはまると思っての質問だったのだが、それに対するジャルの回答はあっさりしたものだった。

『必要ないわよ？』

『え⁉　そうなの？』

『そうよ。そもそも私がやっている書類審査は、神域にいる者に適用されていることだもの。そっちにいる考助には関係ないわ』

『そ、そうなんだ』

『まあ、だからといってあまり乱発されても……あまり困らないわね』

『……なんか、その言い方だと、どんどん乱発していいと受け取れるんだけど?』

さすがにそれはないだろうと思って聞いた考助だったが、ジャルはその予想の上をいっていた。

『乱発してもいいわよ?　といっても考助のことだから、世界のバランスが崩れるほどはやらないでしょうけれど』

ジャルの含むような笑い声が聞こえてくる。まったくもってその通りなのだから、返す言葉もない。

『でも、どの辺が境界線なのかなんてわからないよ?』

『その辺は心配する必要はありません。……と、エリス姉様も私の傍で言っているわ』

どうやらジャルは、エリスがいる傍で交神しているようだった。

『そうか。だったら大丈夫なのかな?』

『ちょっと、それどういうことよ。私の言うことだけだと信用できないってこと?』

ジャルのふくれっ面が見えるようで、思わず吹き出しそうになった考助だったが、なんとか我慢することに成功した。ジャルの後ろから聞こえてきた笑い声は、聞こえなかったことにする。

『違う違う。そうじゃないって』

『……なんか納得いかないけど、まあいいわ』

どう違うのか具体的には言わなかったのだが、ジャルはそれだけで納得してくれたようで、考助は心の中で、ほっと胸を撫で下ろした。

『それで?　肝心の加護ってどうやって付ければいいの?』

そもそもこの質問がしたくて、この交神を始めた考助は、ようやく話を切り出せた。

『え……!?　えっと、こう気に入った相手に、エイッと……？』

ジャルの説明に、なんじゃそらと考助は思ったが、そのことを切り出す前に別の声が聞こえてきた。

『その説明で相手に伝わるわけがないでしょう？　考助様には姿は見えていないのですよ？』

呆れたような声で割り込んできたのは、エリスだった。

『だって～。言葉で上手く説明なんてできないよ』

『言葉で説明しようというのが間違いだということに気付きなさい』

『ん？　それってどういうこと？』

エリスとジャルの掛け合いに、考助が口を挟んだ。

『そもそも加護を与えるということは、神の権能のごく一部を分け与えるという意味です。当然与える力もさまざまなので、与え方も決まったものではないのです』

『あ～。もしかして、神の力の一部を与えることをまとめて加護って言っているってこと？』

『そうです。勿論、神の側は力を与えたからといって、その力を失うといったことはないです』

エリスの説明で、考助も彼女が言いたいことがわかった。

『要するに、力もさまざまだから、与え方も当然いろいろあるということ？』

『そういうことになります』

『考助も最近目覚めた力はともかく、ステータス表示の力は使い慣れているから、そっちはどうにかなると思うわよ?』

ジャルが割り込んできて、そう説明した。先ほど即答したのも、ステータス表示の権能のことを指していた。

『ステータス表示を加護として与えるのか……』

考助は、うーんと首を傾げた。どうすれば、具体的に他人に加護を与えられるのか、まったく思い付かない。逆にエリスやジャルにしてみれば、考助にどう説明すればいいのかわからなかった。ほかの女神たちにも説明できないだろう。もともと神として存在している彼女たちにとっては、加護を与えるという力は、ごく普通に備わっているものなのだ。

『神の権能のごく一部を分け与える、ね』

『はい。そもそも神としての力は強大なものですから、下手に分け与えると体が耐えられなくなります』

『私の書類審査も、そういったところをチェックしているのよ?』

『そう聞くと、下手に加護を与えないほうがいい気がしてきたな』

急に加護を与えることに怖気付きはじめた考助だった。ふたりは、加減をわからずに加護を与えると、ろくな結果にならないと言っているのだ。

『その辺は、加護を与えるときに感覚としてわかる、としかいいようがありませんね』

『そうそう。なんとなく、これ以上はダメだってわかるのよね』

ふたりの説明によれば、こればかりは実際にやってみないとわからないということだ。ちなみに、一回加護を与えることを覚えてしまえば、あとは勝手に身に付いてしまう。問題は、最初の一回目ということになる。

『さて、どーしたもんか』

悩む考助に、こればかりは口出しを避けるエリスとジャル。こういった問題に口を出せば、必ずなにかしらの影響を与えることはわかっている。だからこそ口を出すのは控えた。相手があることのため気軽に実践するわけにもいかない。

結局のところ考助は、その場で結論は出せずに交神を終えるのであった。

閑話五　査察官

「仮登録組のくせに、生意気なんだよ‼」

　ギルドの受付ホール内で、大きな怒鳴り声が響いた。当然その騒ぎのもとへ、皆の注目が集まった。この時間、多くの冒険者が、仕事を求めてこのホール内に集まっていたからなおのことだ。その騒ぎの中心には、最近なにかと幅を利かせている大男のゲリックと、以前からこの北の街で冒険者としてやっていた中堅クラスの男がいる。この街で冒険者をやっている者たちは、苦々しい表情でゲリックを見ている。

　大男は最近この街に流れてきた冒険者で、リラアマミヤの塔で発行した本登録済みのクラウンカードを持っていた。対して、リラアマミヤの塔に行けていない冒険者は、ここの受け付けで発行した仮登録のクラウンカードを使っている。

　クラウンの規定では、特に本登録と仮登録で大きな差はない。だが、実際にスキルが表示される本登録のカードを持っていることは、冒険者たちの間では大きなステータスとなっているのだ。最近この街にやってきたゲリックは、それをひけらかすようにさまざまな騒ぎを起こしていた。

　勿論、本登録のカードを持っているのはゲリックだけではないのだが、多くの者たちは大規模商隊の護衛でリラアマミヤの塔へと戻っていった。残った者の中で一番ランクが高いのが自分自身だとわかった途端に、ゲリックはこういった態度に出はじめたのだ。

　騒ぎ自体はよくある内容だ。そもそも掲示板に貼られている仕事は、先に取った者が受けられるという暗黙の了解がある。ただ、あくまでも暗黙の了解であって、クラウンの規定に書かれているものではない。だからこそ、こういった横暴に出てくる者もいるのだが、ゲリックのやっていることはことさら性質《たち》が悪い。なぜなら本登録のカードを楯に、あとから来て割のいい仕事を奪おうとしているのだから。

こういった冒険者同士の騒ぎには、基本的にはクラウンは不介入である。勿論、クラウン内で暴力沙汰など起こせば介入するのだが、ゲリックは狡猾なため、そこまでの騒ぎは起こさない。あくまで脅しだけで奪い取ったりするのだ。

本来であれば、より高位のランクの者が止めたりするのだが、そもそも本登録のカードを持っていて一番高位のランクの者がゲリックなので、止める者がいないのだ。何度も言うが、本登録だろうと仮登録だろうと、それ自体に差はない。登録の際にその説明はきちんとされているはずなのだが、冒険者たちの間ではすでに区別がされ始めているのが実情だった。

そういった事情から、いつもならゲリックに脅されているほうが諦めて別の依頼を探すのだが、今日の冒険者は違っていた。

きっちりと正論で言い返した。

「ですが、この依頼は私が先に見つけたものです。権利は私にあるでしょう？　それに、仮登録も本登録も違いはないはずです」

「うるせえ！　本部に行ったこともないお前に、なにがわかる！」

これはやばい、と騒ぎを見守っていた冒険者たちは思った。ゲリックを見れば、すでにことを起こしそうな表情になっている。

そんな状況に待ったをかけた者がいた。

「なんの騒ぎですか?」

カウンター側から、即ちクラウンの職員側から若い男の声が響いた。冒険者たちがそちらを見て出てきた表情は、また面倒なことに、といった感じだった。

「おや。これはゲリックさんではないですか。どうしましたか?」

「おう。ロドゲル支部長。なに、身のほど知らずが楯突いてきたんで、道理を教えてやっていたところだ」

「それはいけませんね」

支部長と呼ばれたロドゲルもゲリックも、にやにやと若い冒険者を見ていた。ロドゲルはほんの一月《ひとつき》ほど前に、この北の街の支部長に任命されていた。もともとはクラウン本部から派遣されていた者が就いていたのだが、この街でも力のある一族のロドゲルが任されることになった。だが、はっきりいえば、ロドゲルが支部長に就任したことは、冒険者たちの間では評判はよくなかった。

そのことは、いまの騒ぎでの周囲の冒険者の表情を見ていても丸わかりだ。

「とりあえず、あなたには私の部屋に来てもらいましょうか。この騒ぎを起こした責任を取ってもらいます」

ロドゲルがそう言ったのは、ゲリックではなく若い冒険者に向かってだ。

「私はなにもしていません！　なぜ、私のせいだと決めつけるのですか⁉」

「あなたの意見は、いまは聞いていませんよ？　私の部屋に来て話を聞かせてと言っています」

口調だけは穏やかだが、その表情を見れば、明らかに支部長がゲリックの側についていることはわかりきっていた。成り行きを見ていた冒険者たちも、いまは余計なとばっちりを受けないように視線をそらしている。若い冒険者も、この支部長の言うことを聞けば、どういったことになるのか理解しているので、ついていくつもりは毛頭ない。だが、ここで支部長に逆らえば、間違いなくこの街では冒険者としてやっていけなくなるだろう。

その冒険者は諦めてほかの街へ移ることを考えはじめたが、ここでさらに第三者の声が割り込んできた。

「お待ちください。いまのこの状況で、そちらの方だけを連れていく意味がわかりません。説明してもらえませんか？」

ロドゲルにそう言ってきたのは、周囲で様子を見ていた若い女性だった。その女性を一瞥したロドゲルが言い放った。

「奴隷身分のお前なんかに、そんなことを説明する必要はない」

間に入ってきた女性は、奴隷であることを示す印を身に着けていたのだ。それを勝手に外せば、厳重に処分されるようなものだ。

「答えになっていません。クラウンでは、奴隷だろうとある一定の保障はされているはずですが？」

勿論すべての奴隷が保障されているわけではない。犯罪奴隷がそれに当たる。だが、それ以外の奴隷に関しては、功績さえ認められれば、一般の者と同等の扱いを受けるのがクラウンでの流儀になっていた。

「たかが奴隷の分際で、私に楯突くつもりか？」

「あなたがきっちりと支部長としての立場をわきまえていれば、私のような奴隷ごときが口を出すまでもなかったのですが？」

ふたりのやり取りに、周囲の者たちが息を呑んだ。すでに、ゲリックと若い冒険者のやり取りさえ吹き飛んでしまっている。

「ついでに言えば、あなたには身内だけを贔屓してランクを上げているという噂も立っているようですね？」

その身内が本当に腕が立つのであれば、なんの問題もない。だが、単に身内贔屓でランクを上げていくのは、どう考えても役職者としての規約違反になる。

その女奴隷の言葉に、周囲の冒険者が剣呑な雰囲気を出しはじめた。冒険者にとってランクというのは、それだけ重要なものなのだ。

「……フン。身のほど知らずというのは、お前のような者のことをいうのだろうな。……もういい。おい」

ロドゲルがそう言うと、その場にいた何人かの冒険者が立ち上がり、女に近寄りはじめたのだが、その手が女を掴む前に、別の冒険者たちが彼らの行動を止めた。

「おっと。悪いが、手出しはさせないぜ？　……ゲリックだったか。お前さんもだ」

その声とともにほかの冒険者が、ゲリックの指示に従っていた冒険者の行動を止めた。

「な、なんだ、お前たちは⁉　私に逆らうのか？」

「いやいや、仕方がないでしょう？　我々のような者たちは、より役職が高い者に従うしかないので」

女奴隷の前に立った冒険者は、そう言いつつニヤニヤと笑っていた。

「……なんだと？」

「ガザーラさん。誤解を生むような言い方をしないでください」

女奴隷がガザーラと呼んだ名前に、周囲の冒険者たちが反応を示した。アマミヤの塔で高額な素材を持ち込んで一躍有名になった冒険者のひとりとして、その名前はこの北の街にも伝わっていたのだ。

「いやいや。誤解でもないでしょう？　リサ・フローレン査察官」

ガザーラが呼んだその名称は、北の街のクラウン支部の受付ホールにさざ波のように広がるのであった。


そもそもロドゲルが、北の街の支部長に就くことになったのは、北の街からの強い要請があったからだ。勿論、そんな要請などクラウンがいちいち聞く必要はない。要請自体を突っぱねることもできたのだが、ワーヒドたち経営陣は、あえてその要求を受け入れた。ロドゲルが獅子身中の虫になることはわかりきっていたのだが、今後のためにあえて受け入れたのである。一度受け入れてしまえば、その人間は組織の中の一役職の人間でしかない。その人間をどういう扱いにするかは、組織の中で決められるのだ。その処遇に関して、外から文句は言ってくるだろうが、組織の運営に外部の者が口出ししてもなんの意味もない。たとえ政治的な圧力をかけてきたとしてもだ。

双方の思惑が噛み合った結果、ロドゲルの支部長就任となったわけだが、結果としてはワーヒドたちの予想以上の働きをしてくれた。当然ながら悪い意味において、ということなのだが。身内贔屓から始まって、気に入った者の強引なランクアップ、果ては気に入らない冒険者の排除まで。およそ思い付く限りの不正をこの短期間で実行してくれた。ある程度の期間は様子を見ようとしていたのだが、結局改善する様子もなかったので、リサの出番ということになったのである。


ガザーラの言葉が冒険者たちの間に広まった頃に、ようやくロドゲルが我に返った。

「査察官⁉　なんですか、それは？」

「あ～。それに関しては、俺もよくわかってないから、査察官よろしく。……おっと、お前は動くな」

格好よく決めた台詞も、結局はリサに丸投げになった。ちなみに、あとの言葉はこの隙に逃げようとしたゲリックに向けたものだ。ゲリックに関しては、一緒に行動していた別の仲間が見張ることになった。

そして、ガザーラから水を向けられたリサはため息をついた。

「まったくもう。丸投げするくらいなら最初から目立たなければいいのに。……まあ、どちらにせよ、名乗るつもりだったからいいですけど」

と、ひとしきりガザーラに文句を言ったあとで、リサはその視線をロドゲルに向けた。

「査察官ですか。まあ、言葉通りの意味ですよ。クラウン内で不正が行われている場合は、その対象者を処罰する権限を持った者です」

「そ、そんな話は聞いたことがない！」

「当たり前じゃないですか。最初っから不正しまくっていたあなたに、わざわざ教える必要がありますか？」

無意味な反抗をするロドゲルを、リサはバッサリと切り捨てた。

「だ、だが、私は支部長だ！　査察官だかなんだか知らないが、奴隷の小娘に私を罰することができるものか！」

ロドゲルの言葉に、リサはため息をついた。

確かにロドゲルの言う通り、リサは奴隷身分だ。だが……。

「確かに私は奴隷ですが……それにしても、あなたはまったくリラアマミヤの基本理念をわかっていないのですね」

「な、なんのことだ⁉」

「せっかくなので、ここにいる皆さんにも聞いてもらいますが。いくつかある基本理念のうちのひとつに、奴隷の扱いがあります。たとえ奴隷であってもその働き次第では、普通の者と同等の扱いを受けるのですよ」

そもそも奴隷は、主人に逆らうことができないことになっている。逆にいえば、主人を裏切らない存在ということだ。時と場合によっては、その性質は組織としては非常に優秀な存在となり得る。

「ましてやリラアマミヤでは、奴隷の扱いは信じられないくらい、いいものです。これで真面目に働かない奴隷がいれば、連れてきてほしいくらいです」

だんだんとリサの口調が熱っぽくなってきた。

それを見たガザーラが苦笑しつつ諌めた。

「おいおい、査察官。話がずれてきているぜ」

その言葉にハッとした表情になったリサは、一度コホンと咳払いをした。

「と、とにかく、奴隷であっても査察官である以上、あなたをどうこうする権利をいまの私は持っています。いえ、むしろ奴隷だからこそ、とも言えますか」

「………………」

「そういうわけですから、観念してください」

「……クックックッ」

それまで黙ってリサの説明を聞いていたロドゲルが、突然笑い出した。

「このなかで、こんなことを突然言われて、査察官なんてものを信じる者がいると思っているのか?」

「……どういうことでしょう?」

「どうもこうもない。私は査察官という職は聞いたことがないというのがすべてだ。支部長である私が聞いたことがない。要するにお前たちの話は狂言。そんな話をまともに聞く馬鹿はいないということだ！」

　ロドゲルの言葉に、周囲がざわめいた。

　それも当然だ。突然現れた奴隷身分の女性が、そんな権限を持っているということ自体が、常識として信じられない。この場合、普通に考えれば、ロドゲルの言葉に信憑性がある。査察官という存在が普通に知られていれば、ロドゲルの強弁も受け入れられることはなかっただろう。

　だが、そのロドゲルの言葉を聞いたリサとガザーラは、お互いに顔を見合わせて、笑い合った。

「いやいや。ここまで想像通りだと、ほんとに笑えてくるな」

「この場合は、さすがと思っておきましょう」

　最初からわかっていたかのようなふたりの言葉に、ロドゲルが反応した。

「ど、どういうことだ？」

　そのロドゲルの言葉を無視して、ガザーラが懐から一枚のカードを出して、それを受け付けへ投げた。

「そのカードを、刻印機で読み込んでみろ」

　ロドゲルが止める間もなく、そのカードを拾った受け付けのひとりが読み取り機の上に置いた。

　当事者以外は気付いていないのだが、カードを拾ったのは奴隷のひとりで、支部の様子を定期的に報告する役目も持っている担当だった。

　この間、ロドゲルが止めるのを躊躇したのは、そのカードがどういったものかわからなかったためだ。普通に頭が働いていれば止めるのが最善だとわかったのだが、もしかして偽物では、と少しだけ考えてしまったので、そのぶん止めるのが遅れてしまった。

カードを置いた受け付けの女性とそれを見ていたほかの女性たちは、そこに表示された内容を見て唖然とした。いままで見たことがなかったものが表示されていたのだ。いや、勿論話には聞いたことがある。

クラウンカードは、読み取り機で読み込んだ際に、通常のランク以外の情報が色で示されている。通常の冒険者であれば青、クラウンに貢献していると認められれば赤、といったようにだ。その中にプラチナの色が付けられているカードがあるという話を、受け付けになる者であれば必ず最初に聞く。そのカードを持っている者は、クラウンにとって重要な人物だと教え込まされる。とはいえ、そんなカードは、いままで見たことがなかった。

プラチナカードを持つ者が、どうして重要視されるかというと、それはとても大きな権限が付けられているためだった。

「プラチナカード……」

「…………なっ⁉」

受け付けが呟いた言葉に、ロドゲルが思わず絶句した。ロドゲルもそのカードの意味は知っているためだ。

「さすがのお前さんでも、そのカードの意味はわかっているみたいだな」

ガザーラはそう言ったが、実際反応しているのは業務担当をしている者たちで、カウンターの外にいる冒険者たちは蚊帳の外になっていた。置いてきぼりになっている冒険者たちのために、ガザーラが説明を続けた。

「簡単に言えば、そのカードを持っている奴は、アマミヤの塔への転移門の使用許可を取り消すことができる」

ガザーラは簡単にそう説明したが、騒ぎを見守っていた者たちにその意味が浸透するまで、少し時間がかかった。ただ、本部が塔の中にあるクラウンにおいて、その権限がどういう意味を持つのか、冒険者の間でも少しずつ浸透していった。

「一言でいえば、本部に来ることができない役職持ちなどあり得ないということになるわな」

そういうことである。逆に言えば、このプラチナカードを持っている人間は、クラウンにおいてかなり重要な位置にいることを意味している。

「言っておきますが、カードを破棄しようとしても無駄ですよ？」

カードをどうにかしようとして動こうとしたロドゲルに向かって、リサがそう言った。

「勘違いされている方が多いですが、カード自体はあくまでも自分でステータスが見られるようにしたものです。紛失したり破棄したりしても、その人個人の情報はすでに登録されているので、いつでも再発行は可能です」

当然ながらなりすましなども不可能なのだが、その辺は常識の範囲内なのであえて言っていない。

「いちおう私のものだと証明しますから、返してもらっていいですか？」

リサはそう言って、受け付けへ近付いていった。

「ま、待て……‼」

「おっと、往生際が悪いぜ」

ロドゲルの行動は、すぐにガザーラに止められた。受け付けのひとりが震えながらカードをリサに差し出して、リサはそのカードを受け取った。カードを受け取ったリサは、すぐに魔力を込めてそのカードが自分自身のものだと証明してみせる。そのカードをリサではなくガザーラが持っていたのは、あくまでも用心のためだ。

「これで、証明ができましたか？」

間違いなくリサの魔力でそのカードは発動していた。ここまでされて、リサが偽物だと思うような者はいなかった。当然ロドゲルの言葉に従おうとする者も、それこそ身内の者だけになった。こうなってしまっては、もはやロドゲルの悪事もここまでということで、今回の件は終わることとなったのである。


結局、クラウンとしてもギリギリのところで信用を失うことなく、再び新しい支部長を据えることができた。後任の支部長は、クラウンから選ばれた人材であり、このロドゲルのこともあって、北の街の人間から支部長が選ばれるのは、かなり先のことになるのであった。

閑話六　お天気

「あら、コウスケさん。その格好、どうしたのですか？」

自室からくつろぎスペースへ移動しようと廊下に出たシルヴィアは、そこでばったりとずぶ濡れになった考助と出会って、目を丸くした。

「ああ、いや。別にたいしたことではないよ。階層の散策中に、雨に降られただけだよ」

「考助様。避けられなかった雨で濡れるのと、魔法を使えば避けられる雨にわざと濡れるのでは、大きな開きがあると思います」

軽く返した考助だったが、コウヒからのまさかの反撃に遭い、ウヒッと声を上げた。コウヒの台詞を聞いたシルヴィアの目が吊り上がっている。

「コウスケ様、どういうことでしょうか？」

完全にお怒りモードになったシルヴィアを見て、現地では許してくれたのにと、考助はコウヒに対して筋違いの愚痴を思い浮かべた。


塔の各階層の天気は、基本的にランダムになっている。作ろうと思えば、灼熱の熱砂地獄から極寒の地まで作れる。世界樹のある階層のように階層合成をしている場合は、同じ季節の似たような天気になるが、階層ごとに季節の移り変わりが起こり、天気もまちまちになるというわけだ。ただし、基本的には季節の移り変わりは、同じようなタイミングになっている。ではなぜ各階層でまちまちになっているかといえば、塔の管理メニューでずらすことができるためだ。

塔を攻略した初期状態のときは、各階層の季節はまったく同じタイミングで移り変わるようになっている。勿論、階層の環境によって、四季があったり雨季と乾季に分かれているだけだったりはするが、季節の流れは揃っている。管理者は、この季節の流れを操作できる。そして考助は、新しく管理を始めた六つの塔も安定してきて、アマミヤの塔の神力があまり気味になってきたことから、適当な階層の季節をいくつか変えたのである。

季節の設定を入れ替えたのは、冒険者たちが出入りする階層や眷属たちが過ごしている階層ではなく、考助が設置物を実験的に置いたりしている階層だけだ。理由は簡単で、いきなり季節が変わって、眷属たちが急激な季節の変化に対応できないと困ったことになるためだ。考助の興味本位で階層の環境を変えて、眷属たちが亡くなってしまっては、泣くに泣けない。そんな乱暴なことをするつもりは、考助にはないのだ。

季節の設定をしたあとは、それぞれの階層がどう変化するのかを見ていた考助だったが、特に予想外のことは起こらずに、平常通り（？）時が流れていった。階層の中にいる魔物や植物が、急激な季節の変化に対応できなくなって大量に枯れたりするようなこともなく、最初からその季節だったかのように生きていた。これがなぜなのかはよくわかっていないが、本当にいきなり季節が入れ替わったのではなく、季節の設定をした階層の時間の流れが変わったのだと考助は考えている。もっともそれは考助の勝手な推測であって、確かな根拠があるわけではない。

それはともかく、いまのアマミヤの塔はいろいろな季節を体感できるようになっている。そのため、いきなり雨に降られることは珍しいことではないのだ。

現人神になったとはいえ、考助はまったく病気をしないというわけではない……はずである。もともと考助は、現人神になる前から体は丈夫だったため、アースガルドにきてからも重い病気にかかることはなかった。そのため、いまの考助が病気をしていないのが、現人神になったためなのか単に頑丈なためなのかは、わからないのである。とはいえ、いくら風邪もひかないような丈夫な体だからといって、ずっと雨に打たれ続けていいわけではない。特に周囲にいる者たちにとっては、精神的によくないものがあるのだ。

ずぶ濡れになって戻ってきた考助は、お怒りモードのシルヴィアから速攻で風呂場に放り込まれてしまった。そのシルヴィアのお怒りモードが解けたのは、考助が風呂から上がって、五分くらい説教されたあとのことだった。

「――――なるほどの。それでシルヴィアが、珍しくぷりぷりしておったのか」

笑いをこらえるような表情で、シュレインが考助を見た。

「……まあ、そういうことだね。別にちょっと雨に濡れるくらい……」

「コウスケ様？」

氷点下の冷気を浴びたように背中がぞくっとした考助は、声がしたほうを見ないようにして誤魔化すように笑った。

「うん。まあ、体は大事にしないと駄目だね」

滅多に怒ることのないシルヴィアだが、いざ怒ると考助にとっては、とんでもなく怖いことになる。声を張り上げて怒鳴るようなことはしないのだが、冷静に理論的に考助を追い詰めていくのだ。

わざとらしく視線をシルヴィアからそらしている考助を見て、シュレインはとうとう我慢できなくなったのか、小さく吹き出してしまった。それを見た考助は、恨めしげな視線をシュレインへと向けるのだが、悪いのは自分自身なので言葉にすることはなかった。いま下手な行動を取ってしまうと、再びシルヴィアがお怒りモードに変わってしまう可能性がある。

たとえ神になろうとも、女性に弱いという性格はまったく変わらない考助なのであった。

（第五巻　了）

キャラクターデザイン公開 Part 5

『塔の管理をしてみよう⑤』の注目キャラクター＆作者である早秋氏からのコメントをご紹介♪　雨神氏によるキャラデザも合わせてお楽しみください！

リリカ

女性ばかりのパーティに属している冒険者で巫女。勝気なところもあるが、きちんと反省できる素直な一面も。

「えーと、なにがでしょう？」

早秋's MEMO

当初の予定を超えて大活躍していくキャラ。その出世ぶりは作者の予想を遥かに超えていきます。最初は閑話１回のみの登場のはずだったのですが……どうしてこうなった？

サラ

火の妖精石から生まれた、火の妖精。明るい性格をしており、男っぽい口調で話す。

「兄様、よろしく頼む！」

早秋's MEMO

考助の戦闘時における攻撃担当。ただし、扱っているのが火ということで、なかなか出番が少ない不憫な属性持ち。

「よろしくお願いします、お兄様」

ディーネ

水の妖精石から生まれた、水の妖精。性格は穏やかで、ウェーブのかかったロングヘアの持ち主。

早秋's MEMO

穏やかな性格が災いしてか、実は作者のなかでは、四属性妖精で一番印象が薄い可哀相な妖精。でも、一番好きな妖精だったりもする。

ノール

地の妖精石から生まれた、地の妖精。おっとりしており、落ち着いた雰囲気を持っている。

「兄様、よろしくお願いしますね」

早秋's MEMO

実は考助の戦闘では、一番使われている妖精。基本的に守り思考の考助にとっては、結界に優れている地の妖精は非常に使いやすい。

【経過報告】
塔の管理をしています
セントラル大陸にある７つの塔をすべて制覇し、“大陸の覇者”と呼ばれるようになった考助。中央に位置するアマミヤの塔は考助が、それ以外の塔は仲間たちが管理者を務めています。

北の塔（魔の塔）

管理者：シュレイン

全60階層

※ヴァミリニア城を設置

アマミヤの塔

管理者：考助

全100階層

※セントラル大陸の中央にある

北東の塔（地属性の塔）

管理者：ピーチ

全30階層

メイン召喚眷属：レイス

南東の塔（水属性の塔）

管理者：シルヴィア

全30階層

メイン召喚眷属：スライム

北西の塔（風属性の塔）

管理者：ハク

全30階層

メイン召喚眷属：ミニドラ

南西の塔（火属性の塔）

管理者：フローリア

全30階層

メイン召喚眷属：ゴブリン

南の塔（聖の塔）

管理者：コレット

全60階層

※世界樹を設置

セントラル大陸に存在する 塔一覧

☆すべての塔の最高権限者は考助

※データは第5巻現在のもの

あとがき

皆様、お久しぶりです、早秋です。
『塔の管理をしてみよう』第五巻、いかがでしたでしょうか？　今巻は、考助が着実に神様としての力をつけていくといったところでしょうか。勿論、塔の中身もいろいろと変わっていきます。あと特筆すべきは、周りにいる女性たちが、考助に隠れてこそこそとなにかをやっていることでしょうね。これに関しては、あえて伏せたままにしております。気になる方は、ＷＥＢでチェックしてみてください。それ以外には、これまでおとなしかった（？）とあるふたり組が、今巻では大暴れしています。逆鱗に触れては駄目という典型でしょうね（笑）。

塔のレベルアップに伴って壁に当たる考助ですが、とあることをきっかけにして、先に進むことができます。そのきっかけにより、考助は新たな力を手に入れることになるのですが……。この先は、本文をお読みください。すでに読まれた方はなんのことかすぐにおわかりになると思います。そのきっかけを得る際に、なんとも重要そうな存在と出会うことになる考助ですが、その存在の正体については、今後も一切触れられていません。たまにはそういう存在がいてもいいのではないかと考えてのことです。なにか、具体的にどういう存在だと決めつけてしまうと、書く側にとっても読む側にとっても意識が固定されてしまって、あまりいいとは思えないのです。それならば、いっそのこと読む方の想像に任せてしまおう、かと。なので、かの方については、このあとも具体的に書くことは、おそらくないと思います。
さらに、周辺の塔のレベルアップに伴って、考助は自身の力に関係なく大陸を左右する大きな力を手に入れることになります。とはいえ、考助はいつもの考助であり、基本的に引き籠もり思考は変わらず、オラオラと世界征服なんぞに使うわけもなく……結局、ほぼ触れなかったことにしてしまいます。いきなり世界を左右するような力を手に入れたところで、性格は急には変わらないという好例でしょう。逆に、いきなりオラオラの性格になってしまった場合は、不慮の事故に遭う未来しか見えません。しかも、考助自身の自爆によって（笑）。

『塔の管理をしてみよう』も、すでに第五巻まで刊行することができました。作者にしてみれば、長いようで短かったような、なんとも複雑な時間を過ごさせていただいております。読者の皆様はいかがでしょうか？　これもひとえに、皆様というお力があるからこそ続けてこられたのだと思います。いつも言っておりますが、ありがとうございます。そして、毎巻毎巻素晴らしいイラストを仕上げてくださっている雨神様。私は、イラストを見るたびにテンションを上げております。さらには、ＷＥＢの作品を「本」として仕上げてくださっている編集及び担当の皆様。誰ひとり欠けても今巻の発売はありません。いつものことながら、感謝を申し上げて今回のあとがきの締めとさせていただきます。

早秋

全塔制覇を果たしても
考助の管理者ライフは試行錯誤の連続！
第6巻2017年夏発売予定！

惚れ"られ"力は
増すばかり!?
塔の管理をしてみよう
6
著者：早秋／イラスト：雨神／発行：新紀元社／定価：本体 1,200円＋税

塔の管理をしてみよう 5

2017年3月1日 初版発行

【著　　者】早秋

【イラスト】雨神
【編　　集】株式会社 桜雲社／新紀元社編集部／堀 良江／弦巻 由美子
【デザイン・DTP】野澤由香

【発行者】宮田一登志
【発行所】株式会社新紀元社
〒101-0054　東京都千代田区神田錦町 1-7　錦町一丁目ビル2F
TEL 03-3219-0921 ／ FAX 03-3219-0922
http://www.shinkigensha.co.jp/
郵便振替　00110-4-27618

【印刷・製本】株式会社リーブルテック

ISBN978-4-7753-1479-1

本書の無断複写・複製・転載は固くお断りいたします。
乱丁・落丁本はお取り替えいたします。
定価はカバーに表示してあります。

Printed in Japan
©2017 Sousyu, Samegami / Shinkigensha

※本書は、「小説家になろう」(http://syosetu.com/)に掲載されていたものを、改稿のうえ書籍化したものです。